DU MÊME AUTEUR

Romans

LA CLIENTE, Gallimard, 1998. Prix Wizo, Goncourt des Polonais (Folio nº 3347).

DOUBLE VIE, Gallimard, 2001. Prix des Libraires (Folio nº 3709).

ÉTAT LIMITE, Gallimard, 2003 (Folio nº 4129).

LUTETIA, Gallimard, 2005. Prix Maisons de la presse (Folio nº 4398).

LE PORTRAIT, Gallimard, 2007. Prix de la Langue française (Folio nº 4897).

LES INVITÉS, Gallimard, 2008 (Folio nº 5085).

VIES DE JOB, Gallimard, 2011. Prix de la Fondation Prince Pierre de Monaco, Prix Méditerranée, Prix Ulysse.

Biographies

MONSIEUR DASSAULT, Balland, 1983.

GASTON GALLIMARD, Balland, 1984, et « Points-Seuil ». Grand Prix des lectrices de *Elle* (Folio nº 4353).

UNE ÉMINENCE GRISE. JEAN JARDIN, Balland, 1986 (Folio nº 1921).

L'HOMME DE L'ART : D. H. KAHNWEILER, Balland, 1987 (Folio nº 2018).

ALBERT LONDRES : VIE ET MORT D'UN GRAND REPORTER, Balland, 1989. Prix de l'Essai de l'Académie française (Folio nº 2143).

SIMENON, Julliard, 1992 (Folio nº 2797). Édition revue et augmentée en 2003.

HERGÉ, Plon, 1996 (Folio nº 3064).

LE DERNIER DES CAMONDO, Gallimard, 1997 (Folio nº 3268).

CARTIER-BRESSON. L'ŒIL DU SIÈCLE, Plon, 1999 (Folio nº 3455).

GRÂCES LUI SOIENT RENDUES : PAUL DURAND-RUEL, LE MARCHAND DES IMPRESSIONNISTES, Plon, 2002 (Folio nº 3999).

ROSEBUD. ÉCLATS DE BIOGRAPHIES, Gallimard, 2006 (Folio nº 4675).

Suite des œuvres de Pierre Assouline en fin de volume.

UNE QUESTION D'ORGUEIL

PIERRE ASSOULINE
de l'Académie Goncourt

UNE QUESTION D'ORGUEIL

roman

nrf

GALLIMARD

À Nathalie, Mania et José,
qui m'ont accordé l'asile poétique.
Ce livre
leur doit.

On lui aurait donné le Bon Dieu sans confession. Or, il a espionné pour le compte de l'URSS depuis la Libération. Les bras m'en tombent. Comment a-t-il pu ainsi bousiller sa vie ?

Georges POMPIDOU,
Matignon, le 19 septembre 1963,
cité par Alain Peyrefitte
dans *C'était de Gaulle.*

I

1

C'est la dernière fois que je le vois. Je l'ignore encore, bien sûr, mais c'est la dernière fois. Cela se passe dans l'autobus 63, la ligne qui relie la porte de la Muette à la gare de Lyon. Disons une coïncidence, comme on dit des événements qui nous échappent lorsqu'on ne sait pas y reconnaître l'ombre portée de la grâce, même dans les transports en commun — on ne se refuse rien.

Je suis assis vers le fond, selon mon habitude. À l'arrêt Octave-Feuillet, l'autobus s'ébranle lourdement avant de ralentir et de s'arrêter pour cueillir un homme que sa course a essoufflé. Sa silhouette pompidolienne se découpe lorsqu'il se tourne vers le conducteur pour lui présenter sa carte d'abonné. Tous les usagers n'agissent pas ainsi : seuls s'y plient d'instinct ceux qui se veulent inattaquables. Il leur faut anticiper et désamorcer le soupçon. C'est une nature. Il salue le chauffeur qui lui rend la politesse. On voyage de cette façon dans ces quartiers de bonne compagnie.

Au fur et à mesure qu'il s'avance vers le fond, je me laisse intriguer. Rien de moins évident avec un personnage aussi banal : taille moyenne, rondouillard, des traits sans la moindre aspérité, un visage à désespérer la caricature, la soixantaine bien tassée, un petit chapeau au-dessus d'un petit imper sur un petit complet. Quelque chose de très bonhomme en lui. Tout du fonctionnaire heureux de goûter les joies nouvelles de la retraite. Un homme sans âge mais doté d'une mémoire considérable. Qui s'étonnerait de croiser dans l'autobus 63 un Français échappé d'un dessin de Sempé ? Pas moi, surtout depuis que j'ai fait mienne la définition que Vialatte a donnée de l'Homme : animal à chapeau mou qui attend l'autobus 27 au coin de la rue de la Glacière et du boulevard Arago.

À un numéro près, je me trouve peut-être près de l'Homme. Encore que celui-ci a conservé sa part de mystère. Il est à lui seul une zone grise.

Notre surprise est partagée lorsqu'il s'assoit juste en face de moi. Aussitôt esquissé, son sourire est réprimé. Comme si nous étions épiés. Il reprend à peine son souffle. Dix bonnes minutes durant, nous nous dévisageons sans qu'un traître mot soit prononcé, encore que cette qualification soit malvenue. Un non-dit nous impose de ne rien nous dire. Des années que l'on ne s'est vus et que nous n'avons correspondu. Les passagers qui ont pris place à nos côtés n'ont aucune idée de ce qui passe entre nous. Ils n'ont pas à savoir. Nul secret pourtant : juste un sentiment tacite. Nous nous sommes compris. Qui saura jamais raconter la puissance muette du regard ? Dans ces moments-là, elle vaut toutes les conversations.

À l'annonce de la station Trocadéro, il se lève. L'instant d'après, je le vois arrêté sur le trottoir, tourné vers moi qui le surplombe, le nez collé à la fenêtre. Cet homme découpé sur un fond de tour Eiffel, qui me sourit en soulevant son chapeau dans un geste d'une urbanité et d'une élégance d'un autre âge, c'est Georges Pâques. Le silence fait homme. Confucius ne disait-il pas que le silence est un ami qui ne trahit jamais ?

2

Lui, un espion ? une taupe du Kremlin à Paris pendant près de vingt ans ? un agent des Soviétiques infiltré dans les rouages de l'OTAN ? un condamné à mort pour haute trahison ? Lui ?

Un homme comme les autres à ceci près que son ombre précède son corps. Le monde est plein de personnages de romans à la recherche de leur histoire.

3

Un beau jour, des années avant, au printemps 1985 pour être tout à fait précis, je m'étais mis en tête de comprendre comment Georges Pâques avait pu se perdre pour avoir voulu faire corps avec l'Histoire. Allez savoir pourquoi un journaliste se réveille un matin hanté par une idée fixe quand lui-même n'en sait rien. Quelques lignes de résumé découvertes dans un livre, une coupure de presse retrouvée sous la page de garde, une photo truffant l'ouvrage. Souvent, il n'en faut pas davantage pour se mettre en chasse. Rien dans les dossiers. De quoi désespérer les documentalistes. Le genre de type qui peut passer toute une vie sans jamais accorder d'interview même lorsque son nom fait les gros titres pendant des semaines. Les archives? Inaccessibles malgré les dérogations du ministre. Il me fallait me résoudre à l'interroger directement pour tout savoir de lui.

Je l'ai cherché partout en France.

Finalement, je lui ai mis la main dessus : il habitait à quelques centaines de mètres de chez moi, dans la même artère de l'Ouest parisien, en lisière du bois de Boulogne. Me croira-t-on si je précise qu'à équidistance de nos domiciles respectifs trônait le bunker de ce qui fut l'ambassade soviétique avant de devenir celle de la Fédération de Russie, et qu'au début de cet interminable boulevard, face à mes fenêtres, s'élève une barre hideuse qui fut le siège de l'OTAN ? Comme si l'ambassade ne se trouvait là que pour nous servir de trait d'union. Un écrivain n'a pas le droit d'écrire que cela ne s'invente pas, et pourtant...

Je l'ai appelé. D'une voix douce, il m'a demandé si c'était bien au sujet de l'Affaire et il ne s'agissait pas de Dreyfus.

« Vous avez dû vous en apercevoir, je n'ai jamais parlé aux journalistes. Non, franchement, remuer tout cela si longtemps après...

— J'écrirai. Alors, autant qu'il y ait le moins d'erreurs possible...

— Je connais cette forme de chantage. Mais je sais qui vous êtes, enfin, je vous ai lu. Venez désarmé, sans crayon ni magnétophone. Vous pouvez même venir à pied... »

Il m'a reçu. Un appartement confortable aux larges baies vitrées, généreuses en lumière naturelle ; du calme mais sans luxe ni volupté ; le havre d'un tranquille bourgeois du XVIe arrondissement, si discret en toutes choses que le port du mince ruban de la Légion d'honneur dut lui paraître ostentatoire ; de toute façon, il n'y avait plus droit, la Chancellerie l'en ayant certainement privé, seule déchéance dont un traître doit aisément se remettre.

Au physique, silhouette et visage, rondeurs bonhommes et nez plongeant, il avait tout de Max-Pol Fouchet, mais qui se souvient encore de Max-Pol Fouchet? Nous avançons dans un monde où de moins en moins de gens auront connu Max-Pol Fouchet.

Pas du genre à se laisser embarrasser par ses contradictions. Singulièrement assuré et néanmoins distrait. Sceptique avec une touche de cynisme. Doté d'une intelligence spéculative formée à la réflexion virtuose plus qu'à la compréhension du réel. Sa modestie inquiétait, quand sa voix, sa graphie, sa poignée de main rassuraient. Il avait le mystère catégorique, c'est même la seule chose qui l'était chez lui. Pour le reste, je ne l'ai pas senti pleinement requis par les affaires du temps. Sur un jardin suspendu plutôt que dans une tour d'ivoire.

« Un whisky?

— Une vodka? » risquai-je avant de m'en mordre la lèvre.

Mon hôte le prit du bon côté; mais, en maître des réticences, il se garda de trop le manifester. Il se déplaçait avec précaution; on l'eût dit gêné par quelque chose d'invisible. Tout en lui paraissait enveloppé d'une ouate de confort et de sécurité. Certains hommes passent ainsi toute une vie dans ce plasma. L'ironie est toujours là, mais demeure suspendue, comme empêchée. À mesure qu'il répondait à mes curiosités, s'esquissait le portrait d'un individu qui avait cédé à la tentation de vivre dans l'angle mort du monde tout en faisant société de sa personne. Un homme qui avait le goût du mystère mais n'aurait jamais versé dans la trahison si l'un des princes qui nous gouvernaient avait eu la riche idée d'en faire son éminence grise. Un homme de cabinet, ce qu'il était profondément, mais investi de missions secrètes. Toutes choses officieuses. Il n'en demandait pas plus. Cela aurait largement suffi à compenser sa frustration, affûtée par chacune de ses promotions dans des administrations où il se retrouvait encore et encore aux ordres de plus médiocres que lui. Souvent honnêtes et bienveillants, quoique assez égoïstes, habiles mais limités car peu instruits des affaires publiques. Lui ne se voulait pas politique mais technique. Or un technicien ne va jamais très loin. Tant d'ambitions déçues à la suite de carrières estimables et sans éclat n'ont pas produit des légions de traîtres ; et Pâques avait commencé tôt, jeune.

On le sentait en quête d'un sursaut d'absolu à l'issue d'une vie qui n'aurait été qu'une rumination intérieure sans fin.

Nous sommes restés tout un après-midi à parler, de lui et des autres. C'est à peine s'il s'absentait quelques minutes. Juste le temps de me laisser prendre le pouls des lieux.

Au début, il me mit gentiment à l'épreuve. À peine

des questions glissées dans la conversation. Non pas frontalement sur l'espionnage mais sur l'histoire politique depuis la guerre. Un nom de ministre de la IVe République pour tester ma réaction. Juste de quoi mesurer mes lacunes ; après quoi il se dérida et ce fut un flot tour à tour impétueux et calme. Pas la moindre nostalgie ; pas davantage de justification ; on eût guetté en vain un regret ourlant son récit. Ce n'était toutefois pas ce que j'attendais même lorsque je croyais le pousser dans ses retranchements. Il n'y a pas de questions indiscrètes, il n'y a que les réponses qui le sont. Non que l'évocation du PCF l'eût gêné ou même embarrassé : le communisme l'ennuyait, l'exposé idéologique l'accablait, son cortège d'attendus offusquait son humanisme, sa culture chrétienne. J'en restais coi.

C'est long, tout un après-midi à inscrire dans sa seule mémoire. Je n'eus même pas le réflexe de me rendre une ou deux fois aux toilettes pour prendre des notes. Sa vérité m'intriguait plus que son exactitude. Comme souvent les vieux, il n'alluma pas la lumière à la nuit tombée. On n'y voyait presque plus. Sa présence en devenait spectrale.

En pénétrant chez lui, je l'avais senti prêt à se dissimuler sous n'importe quel masque pour échapper à lui-même. En m'apprêtant à le quitter, je compris combien l'antihéros d'une affaire sourde et sombre peut gagner à être connu ; il y gagne en mystère et c'est tant mieux. Un tel homme a dû être toute sa vie curieux de sa mort.

D'avoir évoqué tout cela l'avait ému. On ne soulève pas impunément la fine pellicule de la mémoire, tissu des plus fragiles.

Mon regard se posa sur une laisse en cuir vert assez écaillée, abandonnée près du guéridon. Pourtant je ne lui connaissais pas de chien. Me revint alors que les Russes lui en avaient imposé un dans les derniers temps, lorsqu'ils craignaient des soupçons : un homme qui a un chien ne saurait être complètement mauvais, on ne se méfie pas d'un homme aimé de son chien.

Si ce détail sur le guéridon m'avait échappé, je m'en serais voulu. Pas seulement pour avoir raté la dimension canine de l'espionnage mais pour le principe. Plus on vieillit, moins on perçoit les détails. La vue d'ensemble prend toute la place. Le repérage du détail, vif, instantané, c'est pour l'œil jeune quand l'œil mûr s'attache aux silhouettes et aux paysages. De la netteté il passe au flou. Le début de la sagesse. Qui sait si cette laisse, patinée par l'usage, n'avait pas conservé quelque chose des yeux qui l'avaient regardée? Que ne m'eût-elle raconté si j'avais su l'interroger?... Tant de détails sont ainsi riches de nos regrets de n'avoir pu prendre le temps de nous y consacrer.

Il m'autorisa à m'installer au bout d'une table de la salle à manger pour y recopier quelques coupures de presse de journaux de l'époque que j'aurais eu du mal à retrouver.

« Monsieur, je ne sais comment vous remercier », lui dis-je.

En bras de chemise, découvrant la silhouette rassurante d'un bedonnant retraité, M. Pâques s'était installé sans que je m'en aperçoive tout à l'autre bout de « ma » table pour y lire *Le Monde* du jour étalé sous ses yeux. Ce n'était plus tout à fait le journal de Beuve-Méry mais je vois bien quel fidèle lecteur il en fut et ce qu'il y trouva en son temps : l'inflexible dénonciation de l'Amérique comme incarnation de la souveraineté de l'argent.

Aux bretelles près, on aurait dit mon grand-père s'attardant à la table dominicale après le dessert, quand le reste de la famille attendait déjà qu'on lui servît le café dans l'autre pièce. Je l'observais encore et je ne me faisais toujours pas à l'idée que cet homme ordinaire pût symboliser la trahison. Tout traître à son pays est moralement coupable de l'avoir abandonné ; celui-là n'aurait pas le panache d'une réaction à la Talleyrand, prétendant qu'il n'aurait pas abandonné la France si elle ne s'était elle-même abandonnée auparavant. Dans sa bouche, cela sonnerait faux, d'autant qu'il nettoyait les verres de ses lunettes avec le revers de sa cravate à rayures — geste des plus communs mais la chose semble chez lui compulsive. Il est vrai que, contrairement à l'autre, il n'avait ni conspiré ni trafiqué.

Il n'en était pas moins complexe car tout dans son personnage refusait d'être réduit à une unique dimension. Un homme seul et désintéressé, qui avait toujours assuré avoir voulu le bien pour la France et non pour l'Union soviétique. Mais n'est-ce pas pécher par idéalisme de ne voir en lui qu'un idéaliste ? D'ailleurs, il fredonnait :

Roule, roule, train du plaisir
Dans la plaine jolie
Vers ton bel avenir
D'amour et de folie
L'homme rude et noir qui conduit
Cette joyeuse foule
Sent de ses yeux rougis
Une larme qui coule
Des heureux voyageurs, on entend les refrains
Suivant les rails et son destin
C'est le train du plaisir qui roule...

Ce serait tellement plus pratique si Pâques était un cynique absolu. Un cynique est ivre d'égoïsme : il est en état d'ébriété de soi. Un tueur dans le registre des sentiments. Toujours mieux pour écrire un article ou un roman... Foin des mièvreries : *You have to kill the darling!* enjoignait Faulkner afin de bannir toute douceur. Rien de tel pour nous donner le beau rôle : celui à qui on ne la fait pas. Pourtant, tout traître abrite nécessairement un cynique. Sauf que, chez le mien, l'orgueilleuse naïveté a pris toute la place.

Plus je l'observais lire les nouvelles et voir s'émousser le tranchant de tout, plus j'admirais sa patience. Probablement l'une des clés de sa réussite. C'est la vertu cardinale de l'espion. Richard Sorge, l'homme des Soviétiques à Tokyo pendant la guerre, était intelligent, astucieux, hypermnésique, informé, introduit, énergique, audacieux, convaincant et, de l'avis de tous ceux qui l'ont pratiqué, remarquablement patient. Soudain on comprend mieux le curieux excipit que John Le Carré a donné à *La maison Russie* : « Espionner, c'est attendre. »

Il se leva et me raccompagna d'un pas lent à la porte. Je me rendis compte alors que j'avais oublié de lui demander s'il se souvenait d'une enquête lancée à l'automne 1948 par l'hebdomadaire *Carrefour* sur le thème « Si l'Armée rouge occupait la France, que feriez-vous ? » ; un climat de guerre civile s'installait en France à la suite de la répression des grèves insurrectionnelles dans les houillères du Pas-de-Calais. Et lui, qu'aurait-il fait ? Trop tard et il pourrait le prendre pour une insolence.

Nous étions sur le seuil de son appartement, chacun attendant que l'autre tende la main et prenne l'initiative de clore une conversation qui aurait pu durer encore.

« Vous êtes satisfait ? me demanda-t-il.

— Au fond, vous me faites penser à quelqu'un qui se serait égaré dans le pli des événements. »

Il passa lentement la main dans ses cheveux blancs, baissa les yeux comme s'il mûrissait sa réaction avant de me fixer à nouveau :

« Je préfère que, dans l'autre monde, on m'accuse d'avoir aimé sans raison plutôt que d'avoir haï sans raison. Au revoir, Monsieur. »

À peine la porte de l'ascenseur refermée, je voulus y retourner, sonner et vérifier sur le petit mur au-dessus du téléphone si ce que j'avais cru y voir s'y trouvait bien : un Christ rouillé et ruisselant. La porte s'ouvrit d'elle-même, sans que je sonne, comme s'il avait pressenti ma réaction. Il se tenait dans l'encadrement, un sourire complice lui barrant le visage.

Et si j'avais affaire sur toute la ligne à un faussaire ? Mais chacun n'est-il pas le faussaire de l'autre dès lors qu'il interprète ses paroles ? Il ne peut en être autrement puisque chacun d'entre nous comprend à sa manière ce qu'il entend. Je croyais enfin tenir Georges Pâques mais c'est lui qui me tenait. Lui et l'ombre tutélaire de Marina Tsvetaïeva pour qui il ne faut écrire que des livres dont l'absence ferait souffrir, injonction propre à vider les rayons des librairies et des bibliothèques.

Attendre ou écrire ? J'écrirai en attendant.

En rentrant chez moi, j'allumai machinalement le répondeur enregistreur. Il venait de me laisser un message, de sa voix posée que les grésillements rendaient lointaine :

« On vient de se quitter. Vous pouvez utiliser tout ce que je vous ai dit mais sans jamais citer votre source. Sinon je me verrais dans l'obligation de vous démentir et de nier vous avoir jamais rencontré. Ce qui serait fâcheux. Alors tombeau. »

Il n'avait pas laissé trace de son nom. On s'identifie le moins possible, vieux réflexe.

Je me lançai.

À la suite du long article que j'en tirai, il m'envoya un mot de félicitations, rédigé d'une main tremblante sur un fin morceau de carton probablement mal disjoint d'une boîte; on y voyait encore le souvenir d'une découpe maladroite.

Dès lors, il ne cessa de m'accompagner. Du moins l'homme, car j'ai égaré ce précieux bout de carton; et à moins d'un déménagement, je ne suis pas près de remettre la main dessus.

4

Georges Pâques me hantait à mon insu, moi qui croyais naïvement avoir fait le tour de cette affaire en un long papier. Je n'eus de cesse de me livrer à une tentative d'épuisement non d'un lieu mais d'une zone d'ombres. Cela me prit des années. On aimerait tout écrire dans une urgence vitale, tels les derniers Romains attendant les Barbares. Sans regret. Certaines vies, il faut les laisser décanter. Ce que je fis avec lui, laissant à sa confession le temps de s'inscrire dans la durée, puis la ressuscitant par bribes. Le puzzle se reconstituait sans que le « tombeau » en question m'apparaisse autrement que dans une obscure clarté.

Cette quête, c'est peut-être l'histoire d'une biographie qui se fait sur un homme qui se défait.

5

Un lieu de naissance, on ne s'y rend que par acquit de conscience, pour y humer des odeurs d'autrefois, glaner la couleur d'un pupitre dans une salle de classe. C'est l'un de ces rares moments où l'enquêteur doit se laisser porter par ses pas, les mains dans les poches, les sens aux aguets, et advienne que pourra. Racine vaut pour tout le monde, les journalistes aussi, et il nous a appris à nous tourner vers un lointain passé comme on le ferait à l'égard d'un pays éloigné.

Je n'attends rien, en cette froide journée de décembre 1987, en découvrant la rue des Étuves à Chalon-sur-Saône, paysage qui a formé le regard de Georges Pâques. Il s'agit juste de renouer avec son monde d'avant, celui qui le vit grandir, dans l'espoir de retrouver quelque chose des couleurs, des odeurs, des silhouettes de son enfance et des lieux de son adolescence.

Il a vu le jour en 1914 dans cet univers de petites gens et de gens de peu, et il faudrait avoir l'esprit vraiment tordu pour y déceler le moindre mépris. Je sais que certains de ses amis ont entendu durant toute leur enfance : « La vie te dressera. » Pas lui. En lui achetant des habits et des souliers, sa mère disait plutôt : « Il faut que ça te fasse de l'usage. » On retient de ces choses, si banales dans l'instant, mais si précieuses dès lors que la mémoire décide arbitrairement de les graver dans le marbre. Je crois savoir que, lui aussi, son père, un coiffeur, lui disait : « Un homme, ça s'empêche. » Ils se seront peu parlé. Au début, pas du tout. Durant les cinq premières années de son existence, son père était à la guerre; après, il était bien là; mais son absence ayant donné à sa femme l'empire sur les choses de la maison, il lui avait abandonné le monopole de l'autorité. L'affection entre le père et le fils allant de soi, elle demeurait inexprimée.

Le père était doux, maladroit; il fuyait les conflits; pour éviter l'affrontement, il était prêt à s'épuiser dans l'invention d'une histoire compliquée à souhait avant de s'évader du monde dans une longue rêverie intérieure. Le fils hérita de son caractère. Il leur fallut vieillir pour se retrouver enfin.

Le souvenir de la guerre est très fort. L'enfant a grandi à son rythme, marqué à jamais. De quoi se construire un jour et se consoler plus tard dans la mémoire des morts.

Ses professeurs lui apprirent qu'il faut d'abord être juste, et que le reste vient de surcroît. Il faut les écouter, sait-on jamais. Voici Eugène Gabut, désormais retraité de l'Éducation nationale, rue des Tonneliers, qui l'eut comme élève en classe de seconde :

« Ah oui, le petit Pâques... Une intelligence bien au-dessus de la moyenne, de brillants résultats dans les disciplines littéraires. Mais dans son comportement en classe, il manifestait une certaine supériorité sur ses camarades. C'est ce qui m'a frappé le plus chez lui. Comment dire ? Un sentiment d'orgueil... »

Un peu plus loin en ville, voici Maurice Genot, instituteur honoraire de l'École du Centre :

« Je me rappelle, bien sûr. Pieux, catholique pratiquant, rêvant de paix universelle et de fraternité humaine, ça correspond ? »

En effet : élevé dans un milieu catholique assez étroit, un temps soliste de la maîtrise de Saint-Pierre de Chalon, il aurait voulu entrer dans les ordres ; seules les exigences de la chair l'auraient détourné de sa vocation.

Raymond, le boucher de la rue Gloriette, dit qu'il ne partageait pas souvent les jeux avec les enfants du quartier ; Bard, le quincailler de la rue Pasteur, se souvient d'un garçon fier de ses succès scolaires. La veuve Bouillin, la Jeanne du restaurant dans la même rue, décrit un jeune homme posé et discret à la conduite irréprochable.

Voilà ce qu'on peut dire. C'est en Bourgogne, une sous-préfecture de Saône-et-Loire dans l'entre-deux-guerres. Chalon, morne plaine.

Cette halte ne fut pas inutile. On ne repart jamais les mains vides. Car en quittant la ville, je me suis demandé si, lorsqu'il se regardait dans la glace, il lui arrivait de se dire : ai-je trahi l'enfant que j'ai été ?

La seule question qui vaille.

6

Il faudrait s'affranchir de nos naissances d'état civil. Même les romanciers n'osent pas ; les biographes, n'en parlons pas. À croire que le passeport fait la loi sur la destinée des hommes jusques et y compris dans le territoire de la liberté de l'esprit.

À quel âge sommes-nous nés, où et dans quelles circonstances, cela seul compte.

Georges Pâques était né à trente ans. Non pas quelque part mais chez quelques-uns. Il vivait à Alger, où on lui avait confié le poste de chef de cabinet du ministre de la Marine. Nous étions en 1944. À partir de là, tout semblait encore possible. Toutes les directions. Il était jeune et jouissait sans en rajouter de la qualité d'ancien élève de l'École normale supérieure ; une carrière s'ouvrait devant lui ; il se trouvait du bon côté. La France libre ne tarderait pas à devenir la seule France. Qu'est-ce qu'il lui a pris ? Un grain de sable a suffi pour enrayer la belle mécanique du destin.

Étrange, tout de même. Il considérait alors l'Afrique du Nord comme vivant sous occupation américaine.

Il s'en disait même « écœuré », c'était bien son mot, avec toute la puissance de dégoût qu'il charrie. Il fallait effectuer un sacré pas de côté pour en arriver à une telle perspective. Il avait approché quelques organismes délégués par Washington en Algérie et il avait conclu au caractère antifrançais de leurs activités. Ce n'était déjà plus de la politique mais de la morale. Rien ne le choquait comme une certaine hypocrisie dans la conduite de leurs affaires. Le déni d'amitié était permanent. Disons qu'ils ne mettaient pas nécessairement leurs actes en accord avec leurs idées. Choquant, vraiment ? Il semble pourtant que ce soit l'alpha et l'oméga de la politique, mais on ne va pas reprocher à un jeune fonctionnaire de manquer de cynisme ; ce serait le comble. Il était ambitieux.

« Il se voyait déjà ministre de l'Information, et pourquoi pas ! Il faut imaginer le chaudron algérois à cette époque, on rêvait à voix haute, on se projetait sans limite, Georges pas plus que les autres, mais pas moins non plus. »

J'ai entendu cela dans des réunions d'anciens de la France libre. Seulement voilà : il n'était ni très réaliste ni très combatif. Il le savait et en souffrait. Il en avait pris conscience très tôt. Un handicap et une limite. Et que fait-on lorsqu'on se propulse aux postes de commandement tout en ayant conscience de n'en avoir pas l'étoffe ? On se raconte des histoires, sinon la réalité ne tiendrait pas debout, pas un instant. Puis on touche terre, on renonce aux perspectives grandioses du premier plan, on se convainc de l'efficacité de l'action discrète en arrière de la scène.

« Personne ne nous fera de discours aussi remarquable, mais c'est un poète », disait de lui « son » ministre, Louis Jacquinot. Bien vu : Pâques était le genre d'homme à guetter l'instant privilégié où il pourrait s'évader de la société.

La première fois qu'il a pris langue avec des Soviétiques, c'était à Alger. Il n'est pas allé les trouver : ils sont venus le chercher. Nuance. Le docteur Imek Bernstein, déjà auréolé de son passé récent de guerrier dans l'Espagne en feu, avait servi d'intermédiaire. J'aurais bien aimé en savoir davantage sur cet ancien des Brigades internationales, la 14e stationnée à Albacete dont il fut capitaine puis major ; hélas, on a perdu sa trace dès la Libération. Évaporé ! Il avait quitté Alger pour l'Union soviétique en 1946 en invoquant des raisons de famille. De ce jour nul ne le revit.

Il a fallu creuser pour en apprendre un peu plus : il avait vu le jour en 1903 à Smatyn (Pologne) ; peu avant la guerre, les Français l'avaient interné aux camps de Saint-Cyprien, de Gurs puis du Vernet avant de le transférer à Djelfa, dans le Sud algérien, d'où on le libéra après le débarquement allié de novembre 1942. Il se fit médecin des pauvres à Bab el-Oued ; c'est là que Georges Pâques fit sa connaissance, au dispensaire de l'avenue Durando. Vertu de la médecine sociale lorsqu'elle est vécue comme un apostolat. Il en fut impressionné ; son charisme n'y était pas étranger. Était-ce le but ? On ne va pas reconstruire toute une vie en fonction de ce que l'on sait de la fin de l'histoire. « Il faut regarder alors avec les yeux d'alors », conseillait Aragon ; il est vrai qu'il y avait tout intérêt. N'empêche que ce médecin avait le profil idéal pour lui mettre le pied à l'étrier. Juste assez rassurant pour l'aider à traverser le miroir.

Le docteur Bernstein lui a fait sauter le pas. Il lui a fait mettre le bout du doigt dans l'engrenage en le présentant à un « conseiller » de l'ambassade soviétique, un certain Gosovsky ou quelque chose comme cela. A-t-il senti que le jeune fonctionnaire était moralement prêt, malgré son éducation et ses convictions, à passer de l'autre côté ? A-t-il jugé que le chef de cabinet pouvait rendre des services ponctuels sur l'état des forces navales françaises ? Ou a-t-il simplement pensé qu'il était opportun de fonder de lointains espoirs sur un jeune homme promis à un avenir dans les rouages de l'État ?

Il n'était pas question de trahison mais de conversation ; et pourquoi refuserait-il de bavarder avec des alliés ? Il n'y a pas malice, d'autant qu'il n'était pas communiste ; tout au plus humanitaire et internationaliste. Ils ont tout de suite compris à qui ils avaient affaire : un homme qui avait besoin qu'on lui accorde une importance qu'il ne trouverait pas ailleurs. Alors ils ont sollicité ses conseils sur la situation politique et ils ont fait semblant de leur accorder du prix. Ce qui s'appelle viser juste. C'est un innocent : il ne voit rien sous son nez mais clair à l'horizon.

Si seulement je parvenais à isoler l'instant où il a pris conscience de ce que sa situation avait d'irréversible...

Les rencontres à l'ambassade se déroulaient sur un registre amical, Gosovsky y veillait. Le souhait même de Pâques. On y parlait bien sûr de politique, de l'évolution de la guerre, d'idéologie, mais sans jamais quitter le terrain affectif. « Ils » l'avaient bien compris et encourageaient ce climat entre eux et lui.

Voilà ce que je savais de lui par quelques anciennes coupures de presse. À peine des esquisses.

Il devait y avoir quelque chose de grisant à se voir sollicité, si jeune et si rien, pour accomplir de grandes tâches prometteuses d'un vrai destin. Mais l'idéologie ne suffit pas ; elle peut jouer comme accroche mais elle est impuissante à faire tenir un homme dans le mensonge et la duplicité à l'égard de tous pendant si longtemps, même s'ils sont le propre de l'homme, et même s'il n'est pas de vie sociale envisageable sans le pieux mensonge et la charmante duplicité. Il va falloir creuser, creuser encore, creuser longtemps peut-être si on veut toucher à ce qu'il y a de plus profond dans ce magma de décisions qui ordonne, gouverne et, en définitive, engage une vie.

La poésie qu'il prisait tant lui aurait permis d'aller à la rencontre du monde hors de ses gonds. Il en fut autrement.

7

Il faut que je retrouve ce Gouzovsky. Ou Grousofski. Qui sait, Gouski peut-être ? J'ai toujours eu du mal avec ces noms. Celui-ci est pourtant l'un des rares qui me reviennent en mémoire à la suite de notre entretien. Il l'avait lâché par mégarde ; puis il avait tenté de le rattraper mais c'était trop tard. Si ce nom me taquine à nouveau maintenant, c'est que ce Gouzky m'importe à mon insu. Mon instinct est mon plus fidèle allié. Il m'a rarement trompé — ne jamais écrire jamais, vieille habitude, sait-on jamais. De toute façon, seul un détour par la Russie me permettrait d'entrevoir ce qui m'a échappé de son histoire.

Le fait est que « ça » me reprend au lendemain de l'effondrement du mur de Berlin, au début des années quatre-vingt-dix. En d'autres temps, l'entreprise m'aurait découragé. Mais la Russie est dans une telle ébullition depuis que Boris Eltsine a pris le pouvoir, et une invitation de mon éditeur russe à présenter la traduction d'une de mes premières biographies si opportune, que j'aurais bien tort de ne pas en profiter. Deux ou trois autres historiens consultés m'ont assuré que, depuis la fin officielle de l'Union soviétique le 31 décembre 1991, les archives sont ouvertes comme jamais là-bas et que cela ne durera pas.

« Dépêche-toi ! Il est impossible que cela dure. À peine une parenthèse. J'y vais tous les mois et le trafic est considérable. »

Il ne m'en faut pas davantage.

Un vent de folie souffle effectivement sur Moscou. Archives, documents en tout genre, meubles anciens, icônes des plus rares, tableaux et autres richesses nationales longtemps interdites de sortie, ça sent la ruée vers l'or. À peine débarqué, je me précipite à l'agence des Archives fédérales sous la coupe du ministère de la Culture, muni de quelques précieux sésames. Une lettre pour celui-ci, du cognac Remy Martin pour celui-là. Je ne demande pas grand-chose. Même pas le dossier Pâques. Pas tout de suite. L'épluchage des *opisi*, les fameux inventaires, me prendrait trop de temps. Ils ne me le donneraient pas sur ma bonne tête.

Il doit compter, ce dossier, quand on sait la pathologie de la conservation dans cette bureaucratie. Quoi qu'il en soit, il ne faut pas rêver : ce qui touche à la présidence, aux affaires étrangères et au KGB reste fermé. Le chaos a des limites que la prudence ne méconnaît pas.

« Dépêchez-vous, Boris Eltsine n'est pas éternel... Avec lui, c'est le bordel. Tout est "négociable". Mais après ? »

Combien de fois m'a-t-on murmuré cela ? Il me faut juste retrouver la trace de Gouzovsky. Trois fois rien : une adresse, un numéro de téléphone, un contact. De quoi remonter une piste.

Si seulement l'on m'avait dit que sa femme était une nouvelliste doublée d'une traductrice, membre de l'Union des écrivains jadis choyée par le régime au point de bénéficier de certaines faveurs, je n'aurais pas perdu mon temps à remuer ciel et terre dans les bureaux des administrations à Moscou. Je me serais rendu directement à 30 kilomètres de là, à Peredelkino, évidemment.

8

Là-bas, on est de plain-pied chez Tchekhov. On s'attend à voir surgir à tout instant l'oncle Vania, le professeur Serebriakov et les trois sœurs de la forêt de bouleaux. Peredelkino est un village à part, sous protection; les datchas y sont réservées à des privilégiés, le plus souvent des intellectuels, des poètes, des écrivains; l'initiative en revient à Gorki en 1934 : une cinquantaine de datchas pour y écrire en paix! Le rêve. On se serait fait soviétique à moins, encore que le regroupement de confrères sur une superficie si réduite soit une promiscuité lorsqu'on sait combien la scène littéraire est un conservatoire de haines recuites. La plupart des maisons en bois sont la propriété du *Litfond*, le fonds pour la littérature créé par l'Union des écrivains. Il fut un temps où, bravant les foudres du *Glavlit*, la censure littéraire, ils se réunissaient le soir chez les uns et les autres pour lire à voix haute leur chapitre en cours, l'encre à peine sèche. On dit qu'avec le temps les fonctionnaires de la vie littéraire y ont supplanté les romanciers et les poètes, mais on dit tant de choses. D'après mes renseignements, c'est là que vit mon Gouzovsky, retraité émérite du KGB, mais ce n'est pas à ce titre qu'il a été admis à finir ses jours ici. Il a suivi sa femme, Elena.

Ce doit être elle sous la véranda, ce visage de porcelaine délicatement posé sur une silhouette fragile, une théière à la main. Je ne me suis pas annoncé. Mains dans les poches, un livre sous le bras, l'allure empruntée, le geste hésitant : parfois, il vaut mieux y aller gauchement à l'improviste sans laisser paraître que vous y allez au culot; sinon on essuie un refus au téléphone et on se retrouve bêtement coincé dans sa chambre d'hôtel à attendre un remords, mais rien ne vient sinon une nouvelle fin de non-recevoir.

« Pardon, vous êtes Mme Gouzovsky ? »

Pour une fois, j'ai dû le prononcer correctement. Ou alors elle est polie. Elle se retourne, souriante, manifestement aussi surprise qu'heureuse d'être hélée en français.

« Bonjour ! Que puis-je faire pour vous ? »

Ceux qui ne quittent guère la France n'ont aucune idée du bonheur qui s'empare de ces étrangers qui, loin de la France mais si intimement liés à sa culture, ne cessent jamais d'habiter sa langue. À croire qu'ils se sont de longue date construit une France intérieure au creux de laquelle ils soliloquent.

« Vous tombez bien, j'allais servir le thé... »

Installé dans un fauteuil à bascule qui a fait son temps (son osier bien écorné en témoigne, Gorki y a peut-être posé son céans), je me présente, ce qui provoque aussitôt un quiproquo. Elena Gouzovsky arrange rapidement l'ordonnancement de ses cheveux blancs, persuadée que je suis venu de Paris à seule fin de l'interroger sur ses traductions du français en russe :

« Hervé Bazin et André Stil, et heureusement Balzac et puis Francis Ponge, pas commode, mais il faut de tout, n'est-ce pas ? Le seul que j'ai refusé, c'est Mallarmé. C'est, comment dire, trop haut pour moi. »

Au fond, j'aurais très bien pu faire le voyage juste

pour elle tant sa conversation est passionnante. En détaillant à la dérobée les manuscrits empilés sur une petite table en bois qui doit faire office de bureau, je l'imagine travailler jusqu'aux heures les plus avancées, tant qu'il y a de l'huile dans la lampe, comme chez Tourgueniev. Un doux soleil d'été filtre à travers les feuilles d'arbres séculaires qui nous enveloppent de toutes leurs branches. Nous sommes hors du temps et du monde, moi du moins, car cet unique est son quotidien. Au bout d'une demi-heure, nous voilà déjà connivents ; la littérature a fait les présentations, nous partageons un même héritage malgré la différence d'âge.

« Vous savez, j'ai étudié autrefois à la Sorbonne et ma petite-fille vit en France. Et vous, dites-moi ?

— En fait, je cherche M. Gossousvky... »

Elle s'en va en arrière dans un grand éclat de rire, si brusquement qu'elle en renverse le thé. Elle trouve aussitôt les mots pour me rassurer. D'ailleurs, une voiture vient d'arriver. C'est lui. Elle l'installe dans son propre fauteuil et s'éclipse à la cuisine.

Son sourire est tout aussi franc que celui de sa femme. À croire qu'il suffit d'être français pour être reçu. Pourvu que ça dure !

« Vous voulez me parler ?

— Vous vous souvenez de Georges Pâques ? »

C'est peu dire qu'il est surpris. Il n'en revient pas.

« Vous le connaissez aussi ? Comment va-t-il ? »

Je l'avoue, je ne m'attends pas à une telle affabilité. On se fait des idées sur les préventions des gens à notre endroit. Encore que les miennes n'étaient pas infondées : Gouzovsky a fait toute sa carrière au KGB, il en a gravi les échelons et ses anciens officiers ne sont pas connus pour être diserts sur les activités de la Maison, sauf quand un grand éditeur américain allonge quelques zéros sur un chèque. Son français est maladroit, parfois hésitant, contrastant avec celui de sa femme, mais mon russe est inexistant.

« C'est vous qui l'avez recruté à Alger pendant la guerre ?

— Exact.

— Vous qui avez été son correspondant jusqu'à son arrestation ?

— Sa dénonciation. Il a été dénoncé.

— Jusqu'à sa dénonciation, son correspondant ?

— Son officier traitant, exactement. Mais pourquoi tout ça maintenant ?

— J'écris un livre. Sur lui, son histoire. Vous m'aiderez ? »

Il se rejette sur le dossier de son fauteuil. Son regard m'abandonne. Il se perd, songeur, quelque part dans les bois alentour, comme s'il avait l'espoir d'y voir sourdre son passé enfoui. Plus un mot. Cela dure et dure encore. Interminable. Sa femme nous a rejoints ; elle ajuste un châle aux tons pastel sur ses épaules et nous observe. Nous parlons de la France, elle et moi, de son goût de la France, mais pas trop ; à force de parler de ce que l'on aime, on finit par l'aimer moins et elle ne veut pas courir ce risque.

Alors, par un mécanisme de remémoration qui m'échappe, une photographie de Cartier-Bresson vient se superposer sur cette image : deux femmes aux cheveux blancs, le visage légèrement penché en avant sur le côté, observant Ilya Ehrenbourg plongé dans un abîme de réflexion, baignant dans la douce lumière d'août d'une véranda à Peredelkino où il vivait... Soudain Gozouvsky se lève d'autorité, le visage grave, m'enjoint d'un mouvement du menton à en faire autant, refusant le thé que sa femme nous a apporté. Important, le menton ; le sien est resté énergique ; j'imagine le nombre d'hommes et de femmes qu'il a dû envoyer à la prison de la Loubianka quand cet homme régnait sur sa section du KGB. Tant de destins se décident sur un signe *ad nutum*. Pire encore que le pouce de César tourné vers le bas car plus méprisant.

Il m'attrape par le bras. Je m'attends à être viré sans ménagement, ce qui ne lui sera pas difficile car il me domine d'une tête et d'une carrure. Ses mots sont si forts qu'ils résistent aux idées.

« Elena, je vais faire visiter le coin à notre nouvel ami de France. »

Nous marchons deux ou trois heures. Aux États-Unis, un tel domaine serait gardé jour et nuit par des cerbères en armes, protégé par des systèmes d'alarme sous l'œil de caméras de surveillance. Ici, rien de tel.

Gouzosvsky a la nostalgie de Paris. Celui des années cinquante, lorsqu'il était en poste à l'ambassade au titre d'attaché culturel.

« Culturel ! »

Il manque s'étrangler de rire. Sa nostalgie est sans tristesse ni mélancolie. Nos pas nous mènent au 3 Ulitsa Pavlenko, à la datcha qui fut celle de Boris Pasternak. Elle se visite comme un musée. Mais sa tombe dans les bois en dit davantage. Les touristes n'y viennent pas ; ils préfèrent les reliques alors que c'est là, au toucher du froid marbre recouvert de feuilles, qu'affleure l'émotion. Hier encore, sous Gorbatchev, on s'écharpait par ici sur la question de savoir si sa maison devait être un mausolée élevé à sa mémoire ou un musée de la littérature soviétique. Une main anonyme avait tenté d'y mettre le feu, une autre avait barbouillé sa tombe de peinture argentée afin qu'elle s'y incruste. La polémique s'est calmée depuis. Face à la plaque, je me lance à nouveau :

« Alors, Gouzovsky, vous m'aiderez ? »

Ma familiarité m'étonne moi-même. S'il parlait mieux le français, il sentirait combien ma façon de l'interpeller est incongrue, lui qui pourrait être mon père. En vérité, je m'adresse à lui comme on le faisait couramment en France avant la guerre, par le seul nom. Pour une fois, j'ai dû bien le prononcer car il ne m'a pas repris.

Jusqu'à notre retour à la maison il n'ouvre qu'une fois la bouche en chemin, pour s'extasier de ce que Pasternak a écrit ici *Le docteur Jivago*, vous voyez, à cette fenêtre ; je dois avoir l'esprit un peu tordu, du moins en ce moment, car en lieu et place de l'ombre du grand Boris penché sur sa table de travail, je vois plutôt le fantôme d'Isaak Babel arrêté une nuit de mai 1939 de sinistre mémoire, ici aussi, par les policiers du NKVD, et emmené à la prison de la Loubianka, où il fut torturé avant d'être exécuté huit mois plus tard non sans avoir « avoué » sa double qualité de terroriste trotskiste et d'espion à la solde de l'étranger, tiens tiens, et plus précisément, tenez-vous bien, conspirant avec Sergueï Eisenstein et Ilya Ehrenbourg au sein d'un réseau d'espionnage français dirigé à Paris par André Malraux, rien que ça ! Alors oui, certes, le docteur Jivago, et pourquoi pas Omar Sharif tant qu'à faire, mais un autre jour.

La température s'est soudainement rafraîchie. Il nous installe dans un bureau-bibliothèque qui doit plutôt être celui d'Elena, si j'en juge par la tranche uniformément blanche ou crème des livres, résultat d'un casse à la Nrf. Face à la fenêtre, chacun dans un fauteuil, plus côte à côte que face à face, un guéridon chargé de journaux, de cigarettes et d'un cendrier entre nous, nous voilà prêts. Mais je suis mal. Il le sent et attend. Oserai-je lui dire qu'ainsi placé, je risque de ne rien entendre de ce qu'il va dire alors que j'ai fait le voyage de Paris dans ce seul but ? Tant pis si c'est ridicule, cette infirmité congénitale, mais c'est ainsi ; et lorsqu'il comprend que, de naissance, je n'entends que d'une oreille, je ne dispose que d'un seul tympan en état de marche, sa bienveillance m'épargne le récit de mes malheurs d'enfance, une douloureuse otite soignée par un charlatan, sur ses genoux et avec des aiguilles à tricoter, me racontait ma mère avec une indignation intacte des années après. Il me cède sa place, je lui cède la mienne. Il reprend son plaid, et moi mon carnet et mon stylo.

Un certain malaise m'envahit à nouveau mais cette fois l'ouïe n'y est pour rien ; je viens seulement de comprendre que cette place est réellement la sienne ; c'est *son* fauteuil, au bas duquel attend *son* repose-pied ; l'un et l'autre ont épousé *ses* formes depuis le temps ; il anticipe ma gêne et, d'un geste de la main, m'enjoint de balayer les contraintes du protocole :

« Mettons tout de suite les choses au point : c'est lui qui est venu nous chercher, et non le contraire... »

Et Gorzovsky de raconter que Pâques avait fait connaissance de son chef Bogomolov un soir où l'ambassadeur soviétique dînait chez le ministre Jacquinot. Mais il n'avait pas osé le relancer par la suite ; c'eût été prétentieux. Alors il avait demandé au docteur Bernstein, le toubib des pauvres à Bab el-Oued, de lui présenter « quelqu'un » à la Chancellerie. Le dossier incomba naturellement à Alexandre Gouzovsky, officiellement Premier conseiller d'ambassade.

En tout cas, Pâques ne présentait pas les stigmates du cas de conscience, et on ne voit pas pourquoi il aurait dû en avoir un : Paris et Moscou étaient officiellement alliés, et l'Union soviétique, qui avait beaucoup souffert, était animée d'un vrai désir de paix. L'isolement politique de la France l'attristait à mesure que l'impérialisme économique anglo-saxon progressait. Un jour, la guerre finirait bien par s'achever et, au moment du grand règlement de comptes, la France aurait tout à perdre à avoir pour alliés des gens aussi peu sûrs que les Anglais et les Américains. Les Russes n'avaient-ils pas été les premiers à reconnaître le gouvernement provisoire français ? Ils n'avaient pas d'intérêts immédiats en Afrique. Ils avaient juste besoin d'un allié sur le front occidental dans la perspective d'un relèvement futur de l'Allemagne. Voilà ce que Georges Pâques avait en tête ce jour de 1944 lorsqu'il a été introduit dans son bureau à l'ambassade à Alger.

« Et vous l'avez cru ?

— Évidemment, quelle question ! s'emporta-t-il comme si je venais de gravement mettre en cause sa bonne foi.

— Et après ?

— Après ? On a pris l'habitude de se voir. Rien de

bien méchant. On bavardait, on échangeait des points de vue.

— Toujours à votre bureau? demandai-je, un rien ingénu.

— Non, dans la verdure. Le jardin d'Essai du Hamma avait été réquisitionné par les troupes alliées pour y mettre leurs camions et leur bazar; alors on s'est rabattus sur le jardin Marengo, près du lycée Bugeaud, et le parc de Galland, par l'entrée de la rue Michelet, vous voyez?

— Pas vraiment. Mais pourquoi cette soudaine discrétion?

— Vous savez ce que c'est, les antisoviétiques auraient pu mal interpréter ces rencontres, bien qu'il n'y ait eu aucun échange de documents, ou de choses comme ça. Alors je l'ai poussé à la promenade. »

Ils l'ont harponné et le frisson du renseignement a fait le reste. Et ce serait aussi simple que cela... Des heures que nous parlons. Il accepte encore la relance mais je sens que ce n'est pas pour longtemps. Tant pis s'il fatigue, il faut insister et insister encore.

« Mais vous bavardiez... comment? D'après lui, c'était superficiel.

— Il donnait de moins en moins d'opinions et de plus en plus d'informations. Pas des secrets! Non!

— Vous voulez dire : pas encore?

— Ce sera après. Mais à Alger, c'étaient des choses

vues ou entendues dans les couloirs et les bureaux des ministères de la France libre. Il était obsédé par l'arrogance des Américains. Un jour, je me souviens... Il avait reçu un choc en lisant des lettres échangées entre Eisenhower et Eden : elles prévoyaient de poursuivre la guerre directement contre nous, les Russes, après que les troupes américaines auraient franchi l'Elbe ! Bon, ça ne s'est pas passé comme ça, heureusement. On a plutôt fraternisé, hein ? »

Une question me brûle les lèvres depuis le début de la conversation. À force de se tenir vacillante sur le bout de la langue, elle va bien finir par sortir malgré mes réflexes de prudence :

« Vous le payiez pour ces renseignements ?

— Oh, à cette époque, je me souviens lui avoir prêté 200 dollars prélevés sur nos fonds secrets. Pour lui c'était une somme. Mais c'était juste pour rendre service. D'ailleurs, il devait même les rendre à Paris. »

Gouzovski ne me l'avoue pas mais il est épuisé. Le travail de la réminiscence, avec ses chemins de traverse, ses hésitations, ses reformulations, ses secrets bien enfouis, ses défiances précautionneuses face à un arsenal de questions que leur succession rend harcelantes, est une circonstance exténuante. Alors, pour le signifier sans le dire, il se lève, sort un paquet de 33-tours de la bibliothèque et fait tourner un disque d'Édith Piaf, ce qui a pour effet de ressusciter une autre voix dans la pièce à côté :

« On l'a vue à l'Olympia ! On l'a-do-re, la môme Piaf, cher Monsieur, nous, on l'a-do-re, n'est-ce pas, Sacha ? »

Il se tourne, s'incline, se rapproche tout près de moi et à voix basse, couverte par la musique :

« Votre Pâques, il nous a bien servis dès le début. D'ailleurs, avant que nous quittions tous Alger, je lui ai montré un mot manuscrit de Staline sur un papier blanc sans en-tête, adressé à lui, Georges Pâques, le remerciant pour la qualité de ses renseignements sur les projets anglo-américains et... pour avoir contribué à sauvegarder la paix ! Beau, non ?

— Et ce papier, vous le lui avez laissé ? »

Il se fend d'un grand sourire en secouant la tête, l'un de ces sourires que l'on adresse à un interlocuteur pour pointer sa naïveté, et il me tend la main :

« Revenez le jour que vous voulez. Et cette fois, ne vous trompez pas de fauteuil ! *Bye bye !* »

C'est bête mais il suffit parfois de deux mots pour que des datchas prennent soudain des allures de *cottage.* Dans le taxi qui me ramène à Moscou, alors que les toits des thébaïdes de Peredelkino s'éloignent au loin, me laissant *La vie en rose* dans le creux de l'oreille, une étrange conviction m'étreint : Pâques n'est pas Mozart, mais j'ai trouvé son Salieri et je ne le lâcherai pas.

9

À mon retour de Moscou, j'ose composer le numéro de Georges Pâques. Ce que je ne m'étais jamais permis de faire depuis 1985. J'aimerais tant lui raconter. À différentes heures du jour, et même à une heure avancée de la soirée, son téléphone reste désespérément muet. J'essaie à nouveau des semaines plus tard ; je lui écris à deux reprises. Rien ni personne. Comme s'il avait disparu. À moins que, comme je le craignais, il n'ait déjà regretté de m'avoir trop parlé.

Et s'il avait été prévenu par les Russes ? Ou par les services français ? Le simple fait d'y penser est un symptôme de la paranoïa rampante qui s'empare de tout enquêteur penché sur les affaires d'espionnage. Ceux qui y consacrent leur vie sont perdus à jamais ; en fin de carrière, ils rasent les murs. Très peu pour moi, j'ai d'autres projets de retraite.

Ce n'est qu'un pressentiment mais quelque chose me dit que je ne pourrai plus compter sur lui. À la réflexion, ce n'est pas plus mal.

10

Au fond, un écrivain, ce n'est pas seulement quelqu'un qui a un peu plus de mal que les autres à écrire. Si Oscar Wilde n'avait pas tort de le présenter comme un curieux individu qui passe la matinée à mettre une virgule et l'après-midi à l'enlever, j'adapterais volontiers son aphorisme à notre époque en précisant qu'il passe la moitié de la semaine à accepter des invitations et l'autre moitié à s'en dégager. Sauf que ce jour-là, ce jeudi noir où tout va mal depuis l'aube, c'est trop tard. Ce que c'est que d'avoir trop écrit et d'être rattrapé en permanence par des spécialistes qui vous rappellent à vos défunts livres quand vous les avez de longue date relégués dans les plis d'une mémoire archaïque.

Dans ces moments de détresse, on se dit qu'il y a toujours quelque chose à sortir d'un colloque. C'est le cas en ce début de XXIe siècle, vingt ans après mes coups de fil infructueux à Pâques. Même d'un colloque de professeurs et d'écrivains en Sorbonne sur le statut de la voix intérieure. Chaque fois que je m'y rends, je me dis en chemin que le pire n'est jamais sûr ; une fois rendu, je tiens le coup sous l'épreuve des cuistreries jargonisantes en me murmurant : sait-on jamais... Ce jeudi-là, le public de la salle Louis-Liard est assez clairsemé. Tant mieux, il y aura moins de questions, on finira plus tôt. Je ne sais même plus de quoi ça parle, mais ça parle. Le plus étrange n'est pas que ça s'écoute parler mais que ça s'écoute.

À la tribune, un professeur s'exprime depuis une heure en français dans une langue mystérieuse que quelques-uns font mine de comprendre ; manifestement, cette femme a besoin d'aide mais on ne peut la plaindre à moins d'être un psychiatre dans le besoin. Surtout ne rien dire car toute injonction à se taire ne peut être que scandaleuse. Rester humain est une bagarre de tous les instants. Je fixe mon attention sur son nez qui ne manque pas de caractère, à croire qu'il gouverne toute sa personne et que sa personnalité s'y est entièrement réfugiée. Certains hommes sont dotés d'un nez qui leur permet de fumer sous la douche ; en vérité, certaines femmes aussi mais ce serait goujat de le dire, quant à l'écrire, vous n'y pensez pas.

Assommé par l'épreuve, je prétexte une urgence au téléphone pour sortir et m'échapper quand une jeune femme dans le public me suit vers la sortie. Je m'éloigne dans le déambulatoire mais elle ne me lâche pas ; ses pas se font plus pressants et plus rapprochés ; elle me hèle jusqu'à ce que je me retourne. Tout en elle est engageant, sa silhouette agréablement proportionnée, sa mise moderne sans ostentation, les traits de son visage harmonieusement dessinés, ses livres sous le bras à la tranche hérissée de fantômes. Tout sauf l'expression de son visage. Un masque dur dépourvu du moindre sourire, que n'atténuent pas ses paroles malgré un très léger accent étranger :

« Votre bouquin, c'est un roman ou une biographie ?

— Si vous l'avez lu, il n'y a guère de doute en principe. »

Elle se pince la lèvre inférieure et se reprend aussitôt :

« Pardon, je parlais du prochain... »

S'il y a un lieu où ce genre de questions ne surprend pas, c'est bien le déambulatoire de la Sorbonne, surtout à la sortie d'un colloque. Ailleurs, j'aurais hésité à répondre. Pas là.

« Quelque chose sur l'impossible biographie d'un espion. Un type que je suis à la trace depuis des années et des années et des années mais qui demeure insaisissable. Seule la fiction peut dire la vérité sur un monde de secrets, de clandestinité, de non-dits, de faux-semblants, et sur les sentiments que la trahison remue dans une âme. La réalité est si ondoyante que la fiction aurait bien tort de ne pas oser la corrompre ; c'est bien dans cette étoffe qu'est taillée la condition humaine.

— De toute façon, quelle importance ?

— Ce qu'il y a de bien avec les services secrets, c'est qu'ils ne démentent jamais. Roman ou document, peu importe. *No comment !* Alors, ça y va ! Ils laissent écrire comme on laisse parler. On n'est pas plus libéral. Mais quand on lit ce qui s'écrit sous couvert d'enquête journalistique ou historique, avec le sérieux qui sied et la gravité idoine, on a d'autant moins de scrupule à faire passer d'autres vérités par le moyen affiché de la fiction. Vous avez vu l'histoire Camus l'autre jour dans la presse ?

— Quelle histoire Camus ? dit-elle.

— Le KGB aurait sous-traité auprès d'agents tchèques un attentat contre lui : ils auraient piégé les pneus de sa Facel-Vega pour qu'ils explosent à une certaine vitesse. Sur ordre de Shepilov, le ministre des Affaires étrangères, qui n'aurait pas pardonné à Albert Camus d'avoir écrit dans *Franc-Tireur* qu'il était directement responsable des massacres à Budapest en 1956. Depuis, dans certains milieux, on l'appelle "le massacreur de Hongrois". Ce n'est pas très gentil, en effet. Et quand, peu après, Camus a pris fait et cause pour Pasternak, la coupe était pleine. Vous remarquerez que c'est la seule fois où je n'use pas du conditionnel... Le *Corriere della Sera* a sorti l'affaire, *The Observer* l'a reprise, et hop ! Ils balancent tout, avec les noms, et personne ne relèvera parce que ces gens-là ne démentent jamais.

— Et vous, comment ferez-vous avec les noms ?

— Mais dites-moi d'abord : qui vous a raconté que j'écrivais un livre actuellement ? Car quand vous dites "bouquin", je suppose que vous voulez parler d'un livre, n'est-ce pas ? »

Ce n'est pas mon genre de la ramener ainsi, de faire le pompeux, surtout avec une inconnue aussi avenante, petite brune piquante aux yeux bleus, tout à fait mon genre. Mais cette expression aussi familière que méprisante pour désigner quelque chose d'aussi noble et d'aussi menacé a le don de me faire réagir.

Elle en reste coite, plantée face à moi, les mains dans les poches de son trench-coat sanglé si près du corps qu'il lui moule les seins, ceinture nouée à la Bogart et col relevé à la Camus, remarquable télescopage d'icônes à elle seule.

« Nous ne sommes pas des machines, voyez-vous, il nous arrive de passer du temps à attendre que les mots repoussent et...

— Mon grand-père.

— Quoi, votre grand-père ?

— Mon grand-père, c'est Alexandre Gossouvsky. Il m'avait raconté votre visite à la maison. Un Français chez lui à Peredelkino, ce n'est pas si courant ! »

Nous marchons dans la rue des Écoles en évoquant la douceur de vivre à Peredelkino. Puis, devant la vitrine de la librairie Compagnie dans laquelle notre regard se perd d'un même mouvement, mû par un réflexe commun pour tous les livres en dépit de notre différence d'âge, je l'invite à poursuivre la conversation au café à côté. C'est à peine si elle hésite, fait semblant de s'inquiéter de l'heure, avant que nous nous retrouvions attablés à commander « la même chose ». Mais dès que l'on « y » revient, elle revêt à nouveau son masque :

« Alors, qu'est-ce que ce sera ? Quel genre ?

— C'est dans le cadre de votre thèse, je suppose ?

— En quelque sorte, répond-elle du tac au tac.

— Ce sera une biographie ou un roman vrai sur

l'énigme que constitue la trahison de Georges Pâques. La plupart des personnages y seront authentiques, les faits avérés, les situations historiquement vérifiées. La fiction prend le relais de la biographie quand l'exactitude ne suffit plus à la manifestation de la vérité, voyez-vous ; rien de désenchanté dans ce que je vous dis : j'ai connu ce doux miracle dont jouit le biographe lorsqu'il comprend qu'il y a de tout dans une âme et parfois au même moment, mais je n'en éprouve aucune nostalgie. Lisez le *Henri Matisse, roman* d'Aragon, vous verrez que la question est réglée depuis longtemps, et de manière éblouissante. Un modèle ! Une leçon de liberté ! »

Elle ne cille pas quand je l'aurais crue troublée par une référence si démodée qu'on la trouve difficilement en librairie. J'hésite à lui en dire davantage sur mon chantier. Lui confier par exemple que depuis quelques jours je tourne autour d'une note inscrite au cours d'une radieuse insomnie par Nabokov dans son *Journal* à la date du 15 mai 1974 : « Roman sans "je", sans "il", mais dans lequel le narrateur, l'œil en mouvement, est impliqué d'un bout à l'autre. » Après tout, ce n'est pas son problème mais le mien, et nul n'a à en connaître.

« Et les noms ? »

La question, qui me ramène brutalement à ce qui semble être son idée fixe, me prend de court et me raidit.

« On verra. Mais qu'est-ce que cela peut vous faire ?

— Ma thèse porte sur le rôle fondateur des noms dans la recherche.

— Quelle recherche ?

— La *Recherche du temps perdu*, naturellement.

— Pardon, je n'avais pas entendu les italiques ni la majuscule. Proust, le nom collectif des Guermantes, je vois.

— J'espérais que dans votre intervention au colloque, vous parleriez du nom propre comme forme linguistique de la réminiscence. Tant pis. »

Et comme elle voit par la baie vitrée du bistro son bus arriver, elle se lève d'un bond, rassemble ses affaires, me lance un « salut ! » des plus rapides et me laisse en plan :

« Vous ne m'avez même pas dit comment vous vous appelez ! ai-je à peine le temps de lui lancer.

— Pour le nom, on verra ! »

Et la petite Gossouki de me laisser en plan, les mains vides, sur ma banquette de moleskine, non sans avoir ajouté son mystère à l'énigme.

11

Depuis le début de mon enquête, je bute sur l'antiaméricanisme de Georges Pâques. Ou plutôt : son américanophobie. Car il y a bien dans son attitude, répétée, confirmée et confortée au fil des ans, un mélange d'aversion et de peur. Un sentiment qui va au-delà de celui exprimé par ces géopoliticiens qui regretteraient dans la disparition du communisme soviétique l'indispensable contrepoids idéologique à la toute-puissance de l'Empire américain. Ce n'est pas tant que cette aversion soit de nature à choquer, ou qu'elle ait besoin de justification, mais son origine m'est encore indistincte. C'est pourtant un trait permanent de sa personnalité, l'une des clés de son engagement. Eût-il fait carrière dans la diplomatie, les choses seraient plus claires eu égard à un atavisme très Quai-d'Orsay, aussi fort et permanent que l'arabophilie. Mais là ? L'un de ses amis m'avait fait remarquer que, depuis Hiroshima, le monde sentait une terrible odeur de chair brûlée, de la chair humaine, et je m'étais dit que Pâques aurait été capable de me servir une formule de ce genre.

Les études ? Difficile à croire. Il faut tout de même creuser le dossier. À ma demande, l'un de mes anciens professeurs d'histoire l'emprunte discrètement aux archives de l'École normale supérieure, là où il les a achevées, donc là où l'on a le plus de chance de les trouver récapitulées, à condition que je consulte sur place, sans bouger de ma place, un coin discret de la bibliothèque.

« Ni photo ni photocopie, cela va de soi. Je compte sur vous ? »

Pâques était un pur produit de l'école républicaine, ce qui ne prédispose pas nécessairement à la haine des Yankees. Une bourse pour poursuivre ses études secondaires, une hypokhâgne au lycée du Parc à Lyon, une khâgne au lycée Henri-IV à Paris, tout en préparant une licence d'anglais, avant le brusque coup d'arrêt : l'échec à l'oral du concours d'entrée à Normale, tandis que son camarade Jacques Soustelle, qu'il admire tant, y était reçu premier. Calvet, son professeur de français, le jugea fort intelligent et agréable, distingué et fin. Naber, le philosophe, voyait en lui un très bon élève dont les résultats faisaient espérer le succès. Quant à Alba, il convint que ses résultats en géographie étaient très satisfaisants. Pâques a tout de même réussi à intégrer l'École en 1935, avec une place de treizième, section Lettres naturellement.

Alors, l'américanophobie ? À la fin des années trente, rue d'Ulm, on fouettait d'autres chats. D'autant que Pâques était du « groupe Tala », ces étudiants catholiques qui vont-« t-à-la » messe, orienté à cette époque vers le christianisme social. Dans leurs réunions, ils débattaient de problèmes du type : comment envisager une alliance avec le communisme sur le terrain politique, économique, social, sans adhérer à une philosophie matérialiste ? Quant au contenu même de ses études, on ne peut pas dire qu'il ait nourri chez lui, d'une manière ou d'une autre, un sentiment antiaméricain. Une fois adoubé ancien-élève-de-l'École-normale-supérieure, il avait été reçu premier à l'agrégation d'italien. Au moins n'aurait-il jamais à souffrir de ce complexe de l'illégitimité qui pourrit la vie des autodidactes tout en les poussant à se surpasser. Contrairement à d'autres, il n'avait pas poursuivi de hautes études pour venger sa race.

Il faudra chercher ailleurs. Peut-être du côté de Graham Greene. Une longue conversation avec lui me revient. Il m'avait invité à passer toute une journée chez lui à Antibes. À l'heure du déjeuner, nous dégustions des langoustines chez Félix, un restaurant tout proche où il avait ses habitudes. Il me confiait un grave secret de son état, en rapport avec ce qui lui manquait le plus de l'Angleterre (« les saucisses et la bière ») quand soudain, roulant ses yeux bleus globuleux :

« Si j'avais été réduit à ce choix, j'aurais vécu en Union soviétique plutôt qu'aux États-Unis. Sans hésiter. »

À une autre époque, une telle attitude pouvait passer pour un élément de sa couverture, de nature à déstabiliser l'interlocuteur afin de mieux masquer son ancienne et active collaboration avec les services de renseignements de Sa Majesté. Mais pas à la fin des années quatre-vingt sur la terrasse de Chez Félix, alors qu'il me signalait d'un clin d'œil et d'un coup de menton malicieux un couple de touristes anglais assis derrière nous, qui l'avait reconnu et n'osait l'importuner.

« Les Américains, on ne peut leur pardonner ni Hiroshima, ni leur blocus de Cuba, ni la guerre du Vietnam, ni les coups tordus de la CIA en Amérique latine... Ni leur arrogance : c'est détestable, cette façon de dire aux autres peuples comment ils doivent vivre, non ? »

Graham Greene, un autre mystère, d'une autre complexité.

12

C'est à Rabat que s'est cristallisée une fois pour toutes la détestation viscérale de Pâques pour les Américains. Il s'en était fallu de peu qu'il ne connût jamais le Maroc, ni le reste du monde d'ailleurs.

Il avait fait la connaissance de Viviana, une Génoise, et l'avait épousée. Le couple était parti en voyage de noces aux Antilles grâce à une bourse octroyée aux lauréats des concours d'État. Or cela se passait en juillet 1939. Sale temps pour une lune de miel. La déclaration de guerre l'avait rejoint quelque part aux îles. Sur le chemin du retour en France, le paquebot *Bretagne*, à bord duquel le couple avait pris place, fut torpillé. Il échappa de justesse à la catastrophe grâce à la Royal Navy, qui les repêcha après qu'ils eurent passé plusieurs heures dans l'eau. Ce fut son seul vrai contact avec la guerre dans toute sa violence. Non pas la guerre vue d'un bureau mais la guerre prise en pleine gueule. Dans *Adorable Clio*, on trouve un admirable passage où de jeunes soldats se considèrent comme les aînés de leurs parents car ils sont plus proches de la mort. Mais qui lit encore Giraudoux? Sa langue est si française qu'elle en est devenue illisible par nos contemporains.

Nombre de Français de sa génération vécurent l'effondrement de 1940 comme un traumatisme. Pas lui. Il voulait juste la paix.

Le sous-lieutenant Georges Pâques fut affecté à l'état-major de la région lyonnaise avant d'être nommé en octobre professeur au lycée de Nice et, un an après, au lycée de Rabat. Dans leurs rapports, les inspecteurs d'académie le notaient bien, sauf au tout début :

« Manque de poigne, un peu de flottement dans le commandement. »

C'est donc en Afrique du Nord que le débarquement allié de novembre 1942 le surprit. L'atmosphère régnant dans les couloirs des administrations le mettait mal à l'aise. Ce cocktail de pétainisme, de germanophobie et de xénophobie était peu ragoûtant. Cela n'a pas de relation directe, mais tout de même, il était en manque d'équilibre familial, mal logé de surcroît. Il s'était engagé dans l'armée du général Giraud, faute de mieux. Puis Jean Rigault lui avait confié la direction politique de Radio-Alger ; il y lançait des messages à l'Afrique du Nord en guerre sous le pseudonyme de René Versailles. Il accédait pour la première fois à un poste de pouvoir, si relatif et si minime soit-il : à peine avait-il pu exercer ses talents au micro qu'il devait déjà faire, avec d'autres fonctionnaires, les frais du maelström algérois et de la rivalité entre gaullistes et giraudistes.

Après deux mois de garnison dans le Sud marocain, un organisme chargé de la propagande sur l'Italie l'avait rappelé : la SAMAE, pour Section d'attaque du moral des armées ennemies. Rien que ça ! Certains inventeurs d'acronymes, il faudrait les décorer. Il y était resté jusqu'à la chute de Mussolini. Juste à temps pour assister au piétinement des intérêts français par les Américains. Un incident l'avait marqué : passe encore que le général Clark, commandant de la 5e armée, ait cru bon d'entrer directement en rapport avec le sultan du Maroc ; mais que le même ait refusé tout appui aérien américain aux forces françaises lors du débarquement en Corse, cela lui paraissait impardonnable. Il se convainquit pour la vie que lorsque l'Amérique entrait en guerre, c'était pour faire sa guerre et non celle des autres. Ses officiers n'avaient que mépris pour les Français parce qu'ils étaient pauvres et vaincus ; du moins est-ce ainsi que Pâques le ressentait.

Chargé de démoraliser l'ennemi, Pâques se retrouvait démoralisé par l'allié.

On l'oublia dans un service subalterne, jusqu'à ce qu'en juin 1944 l'avocat Louis Jacquinot, député de la Meuse et sous-secrétaire d'État au Comité français d'Alger, qui venait d'être nommé ministre de la Marine par de Gaulle, lui demandât d'assurer les fonctions de chef de cabinet. Le pouvoir à nouveau, à un échelon légèrement supérieur.

L'année 1944 engagea son destin. Le virus était là, le pli était pris. Georges Pâques avait trente ans et il savait qu'il ne passerait pas sa vie d'homme au lycée puis à l'université à enseigner l'italien.

13

Plus j'avance dans mon exploration du personnage, chaque fois que je reviens à Georges Pâques, plus je me rends compte qu'il est l'anticliché. L'espion qui ne venait pas du froid. Encore que la traduction du titre du roman qui lança John Le Carré, *The Spy Who Came in from the Cold*, et son succès exceptionnel un peu partout, ont répandu une ambiguïté. L'expression anglaise « *to come in from the cold* » signifie « être accepté dans une organisation, un groupe », sous-entendu : auquel il était impossible d'adhérer auparavant. Elle est le plus souvent utilisée pour désigner celui qui fait passer secrètement des informations à un groupe ennemi.

14

On sait le goût de l'archive, on connaît moins le goût de l'enquête, son lot d'ingratitudes et de solitudes. Plus personne n'a envie de tirer des sonnettes, d'insister lourdement, de mettre le pied dans la porte. Les documents se laissent aussi peu forcer que les gens. Ils vous imposent une même ténacité pour ne pas céder au découragement, ne pas renoncer, ne jamais se résigner. Il n'y a pas de fatalité ; il suffit de se dire qu'ils sont quelque part dans la ville et qu'on finira bien par les dénicher, quitte à la mettre à sac. Les chasseurs me comprendront, et les photographes aussi : ce qui compte, c'est la recherche et le tir. L'enquête a partie liée avec l'orgasme : une lente montée du désir, le paroxysme d'une jouissance, la plénitude.

Il m'a fallu des jours pour mettre la main sur cette note qui n'existait nulle part ailleurs, sous cette forme, précisément. Une note anonyme trouvée presque par hasard dans un service de documentation ministériel :

« Pâques, Georges, Chalon, 1914

1944. Chef de cabinet de Louis Jacquinot, ministre de la Marine.

1945. Chargé de mission en Italie par le cabinet de la présidence du Conseil.

1947. Membre du cabinet de Louis Jacquinot, ministre de la Marine.

1948. Chef de cabinet adjoint de René Coty, ministre de la Reconstruction et de l'Urbanisme. Chef de cabinet de Paul Ribeyre, sous-secrétaire d'État à la Santé publique.

1949. Chargé de mission au cabinet du président Georges Bidault.

1950-1953. Directeur de la diffusion à l'Association française pour l'accroissement de la productivité.

1953-1954. Chef de cabinet de Jules Ramarony, secrétaire d'État à la Marine marchande.

1955-1958. Conseiller technique de Jean Gilbert-Jules, secrétaire d'État aux Finances et aux Affaires économiques, puis d'Édouard Ramonet, ministre de l'Industrie.

1958. Chargé de mission à l'état-major de la Défense nationale. Directeur du service d'information.

1961. Directeur d'études à l'Institut des hautes études de la Défense nationale.

1962. Chef adjoint du service de presse de l'OTAN. »

Ça pue la IVe. Pas ma préférée. Combines & clientélisme, prébendes & magouilles. Des élections à vous dégoûter de la démocratie. Des distributions de portefeuilles à l'issue d'intenses marchandages. Et après cela, des grenouillages dans les ministères.

Cette notice, on ne fait pas plus sec. Ça sent déjà la mort. Des bornes, des repères et puis quoi ? Que du gris. Des hommes à grise mine et pensée grise vêtus de gris. Misère d'une vie réduite à une fiche. Tout y est sauf l'humaine condition, les conditions par lesquelles un homme est humain.

À première vue, le parcours sans faute d'un haut fonctionnaire, un grand serviteur de l'État, un ancien boursier de la République qui n'en finit pas de lui payer sa dette morale. Il circulait avec aisance dans les couloirs des gouvernements Mayer, Laniel, Mendès France et Bourgès-Maunoury. Il faut se glisser dans les interstices et prendre le pouls des événements pour chercher la faille.

15

Rien ni personne n'avait entamé les convictions de Pâques, au contraire ; le plan Marshall le renforçait dans l'idée qu'il se faisait des projets hégémoniques des Américains ; puis vint l'ordre du président Kennedy de bloquer le trafic d'armes offensives soviétiques vers Cuba.

Il avait même trouvé le temps de se présenter aux élections législatives de juin 1951, à Chalon-sur-Saône, naturellement. Le temps et l'audace. Lui, se lancer en politique ? Il a dû vouloir rendre service. Second d'une liste de l'Union des indépendants, paysans et républicains nationaux, le premier étant André Moynet, ancien commandant de l'escadrille Normandie-Niémen, député de Saône-et-Loire et ancien secrétaire d'État de Mendès France.

Sa candidature ne pouvait être qu'une couverture. Sauf à croire qu'il glissait lentement dans la schizophrénie. La liste Moynet-Pâques appelait à faire barrage contre toutes les dictatures, de droite comme de gauche était-il précisé, et à lutter vigoureusement « contre le communisme antinational ».

Le premier du tandem fut élu. Pas le second. Il accueillit la nouvelle avec soulagement ; ce qu'il avait entrevu des pratiques politiques au cours de la campagne, sur le terrain et dans le feu de l'action, l'avait dissuadé d'en être. Mais son échec ajouta à l'aigreur vis-à-vis du Milieu et à son sentiment de supériorité à l'égard de ce monde. Le PCF totalisa 26 % des suffrages exprimés.

En interrogeant des vieux briscards de la chronique politique sous feu la IVe, je vois se redessiner un portrait en creux du personnage à mi-vie : un homme intègre, sérieux, volontiers cynique, moins un politique ou un technicien qu'un homme d'idées, un polyglotte original, parfaitement maître de l'italien, doué en anglais et en espagnol et inscrit sur le tard aux Langues' O à seule fin d'y apprendre le turc, un intellectuel de droite résolument catholique et antimarxiste, favorable à l'Algérie française en un temps où le général de Gaulle cumulait les fonctions de président du Conseil et de ministre de la Défense.

Telle était son image. Celle qu'il projetait.

Au début, il naviguait dans des milieux peu sensibles, mais il était présent. Il se plaçait. Entendez : il était dans la place. Cela seul compte. Disposer du badge, du passe, de la clé pour avoir accès aux dossiers. Être *persona grata* non pour briller mais pour se déplacer sans bruit comme sur des coussins d'air. Il n'a pas accès lui-même aux secrets proprement dits, mais à certains des hommes qui y ont accès. Il est sur zone, un pied puis deux dans l'édifice.

J'imagine la satisfaction, dans les bureaux du KGB à Moscou, ce jour d'octobre 1962 où Grosouvsky leur a annoncé la nomination de Pâques à l'OTAN. Au même moment, l'implantation de fusées russes à Cuba, menaçant directement des villes américaines, provoqua une crise majeure entre les deux Grands ; pendant ce temps, la France se passionnait pour une autre crise opposant le général de Gaulle à la principauté de Monaco, et que la princesse Grace s'employait à dénouer. Mais, pour Grossouvsky, la victoire était toute personnelle : après quelque vingt ans d'un patient travail, il avait sa taupe au cœur de l'OTAN.

La vodka a dû couler à flots. Ils ont dû la vivre comme le couronnement d'une opération entreprise dix-huit ans auparavant à Alger. Une consécration de leurs méthodes, d'autant qu'avant ce coup de maître, la taupe n'avait rien eu d'un agent dormant. Ils n'avaient pas agi autrement aux États-Unis en recrutant de jeunes fonctionnaires appelés à devenir des hauts fonctionnaires.

Pénétrer l'OTAN, l'Organisation du traité de l'Atlantique Nord, et mieux encore s'attaquer au saint des saints de la défense européenne par sa façade la plus anodine qu'est un service de presse, ne fut pas une mince affaire. Une place s'était libérée avec la nomination de l'ambassadeur Ausseil à Alger.

Ses chefs l'avaient bien noté, le général Puget un peu plus, le général Gambiez un peu moins. Leurs rapports ne suffisaient pas. Pâques fit intervenir l'une de ses relations, le ministre Georges Gorse, afin de l'appuyer auprès de Jean-Daniel Jurgensen, le plénipotentiaire français à l'OTAN. Le diplomate le reçut à son bureau du Quai d'Orsay, d'autant plus volontiers qu'ils s'étaient connus à l'époque de leur jeunesse normalienne, bien que lui fût de la promotion 1937 :

« Alors Georges, toujours fin latiniste ?

— C'est vieux tout cela... J'ai eu d'autres lectures depuis.

— Sais-tu la dernière image que je conserve de toi ? La revue annuelle de l'École en 1938 : tu interprétais le personnage de Mussolini. C'était à s'y méprendre !

— Je suis peut-être passé à côté d'une vocation, qui sait...

— En tout cas, reprit Jurgensen, pour ce qui est de l'OTAN, cela ne me pose pas de problème. Cela consiste à dresser un écran de fumée entre les informations capitales et les journalistes, faire rempart, leur donner du foin pour rédiger leurs dépêches, tu sais bien... Mais ce n'est qu'un poste d'adjoint, avec un pouvoir limité...

— Ça me convient parfaitement! »

Peu après, la proposition était ratifiée par le directeur du personnel et Pâques était cette fois dans la place.

16

Même ceux qui ne savent plus rien de lui, lorsque je les interroge, se souviennent confusément que son nom se raccroche à la guerre froide. Drôle de guerre, dirait-on, si le label n'était déjà pris. Une guerre qui ne dit pas son nom et s'abrite derrière la température. Une paix armée.

Elle est floue. Chacun a son idée. Certains la font commencer en 1917 avec la Révolution. D'autres en 1946 avec le discours de Staline affirmant que le camp capitaliste porte par nature la guerre en lui, ce qui exclut toute coopération. D'autres encore la même année mais un mois plus tard avec l'invention du « Rideau de fer » par Churchill dans son fameux discours de Fulton, un rideau séparant le monde libre du bloc communiste, l'Ouest de l'Est. Tout se discute sauf la naissance d'une expression et la réalité qu'elle recouvre. Le journaliste André Fontaine signale l'arrivée de « guerre froide » dès les lendemains d'Hiroshima sous la plume de l'écrivain George Orwell, reprise par un conseiller de Roosevelt dans un discours, puis popularisée en 1947 par l'éditorialiste américain Walter Lippmann dans une série d'articles rassemblés dans un livre intitulé *Cold War.* Cette année-là, dans *Le Figaro,* Raymond Aron jugeait la paix impossible et la guerre prochaine improbable.

Georges Pâques s'était voulu le messager entre les messianismes américain et russe, lesquels se heurtaient si souvent qu'on les croyait sans cesse au bord du gouffre et à la veille de l'irréparable. Drôle de partie où des adversaires morts de peur surestiment la puissance de l'autre.

Les politologues assurent que la guerre froide a fait des dizaines de millions de morts. Il est vrai qu'ils additionnent les morts des conflits qui ont ravagé le monde de 1945 à 1987 au motif qu'elle fut la plus mondiale des guerres mondiales, la troisième du nom. Le contrôle de l'Europe, et en particulier la domination de l'Allemagne, n'en fut pas moins son principal enjeu.

Une vision romantique de la guerre froide la ramène aux strictes limites d'une guerre du Renseignement. Les seuls morts sont des espions et des agents, invisibles par vocation. Des morts dont on nie qu'ils aient jamais existé. Les sans-papiers du petit cimetière sous la lune. S'il est vrai que la guerre permet d'éclairer les choses, de les mettre au clair en les cristallisant, la guerre froide les obscurcit en les figeant en suspens dans la pénombre. La couleur de la guerre froide était si délavée qu'elle en devint noire et blanche.

De toute façon, l'idée que la guerre puisse être associée à une question de température me dépasse.

Je ne suis même pas sûr que Pâques y ait été sensible. Il était dans son monde à lui, le *no man's land* de la zone grise qu'il avait instituée entre l'Est et l'Ouest, et qui n'était celui de personne d'autre.

Les polémiques faisant cortège à la parution de l'essai iconoclaste d'Arthur Koestler *Le zéro et l'infini*, l'affaire Kravtchenko en procès, le coup de Prague, les manifestations contre Ridgway-la-peste, la mort de Staline, le rapport Khrouchtchev, le procès Slánský, l'exécution des Rosenberg, la répression de la révolte de Budapest, l'édification du mur de Berlin... Tout ce qui touche la nébuleuse communiste dans les deux Europe semble passer sur lui sans susciter de trouble ni laisser de trace.

La découverte du Goulag fut pour nombre de communistes le choc qui les fit basculer. Pas tous en même temps. La prise de conscience s'effectua selon le crédit accordé à la source : époque Kravtchenko, époque Chalamov, époque Soljenitsyne... Encore Pâques n'était-il pas comme d'autres déformé, voire aliéné, par l'expérience de la guerre d'Espagne qui les a empêchés de voir l'autre côté. La face noire. Les fusilleurs au revers de la médaille des fusillés. Il est vrai, on aurait tendance à l'oublier, qu'il n'était pas communiste. La question technique des palinodies dans la *Commedia* de Dante et le doute métaphysique le mobilisaient bien davantage.

N'avait-il jamais été ébranlé par le poème de Mandelstam contre Staline, « le montagnard du Kremlin, le corrupteur des âmes, l'équarrisseur des paysans »?

Une taupe n'a pas d'états d'âme. Pas ceux du commun.

17

À la Libération, après son retour en France, Georges Pâques aurait pu en rester là. Après tout, il n'avait mis que le bout d'un doigt dans l'engrenage. Surpris et tancé par ses supérieurs pour ses indiscrétions, il les aurait justifiées sans mal en invoquant le contexte de la guerre et l'échange de bons procédés avec le grand allié soviétique. Seulement voilà, il ne s'y est pas tenu. Ce qu'il me faut mettre à nu, c'est ce je-ne-sais-quoi et ce presque-rien qui le font poursuivre à Paris ce qu'il avait à peine entrepris à Alger.

Cela a été crescendo. Il a eu ses périodes, ni rose ni bleue, mais Avalov, Alexeïev, Gavritchev, Tritchine, Lyssenko, Vlassov, du nom de ses différents correspondants, ses officiers de liaison, ses agents traitants, ses contrôleurs si l'on préfère, qui se succédaient à l'ambassade. Dans cet ordre. Chacun sa personnalité mais tous pareils dans leur capacité à flatter en Pâques son amour-propre. Une fois lancés, les deux ou trois anciens des services français que j'avais interrogés à leur sujet se montraient intarissables.

Rentré à Moscou au début des années cinquante au Centre, le siège du KGB, le premier d'entre eux, leur patron, Grosousvski continuait à suivre « son » espion, soit directement, soit par leur intermédiaire; c'est à lui qu'ils rendaient compte; le dossier Pâques est demeuré le sien jusqu'au bout. Quand le Russe venait spécialement en mission à Paris, il ne manquait pas de l'inviter à dîner au consulat soviétique, place Malesherbes. Sa manière à lui de déjouer les soupçons. Je le vois encore dans sa datcha se pencher vers moi et arborer un large sourire dans lequel se réfugiait toute sa malice :

« Un véritable espion n'aurait jamais pris ce risque, n'est-ce pas? Si les services français l'avaient repéré et filé, ils auraient lâché prise en le voyant entrer et sortir de chez nous. Une telle photo dans son dossier, vous imaginez? L'un de vos moralistes dit qu'il faut toujours compter sur nos ennemis pour nous décevoir. »

Quelque chose s'est brisé entre Pâques et eux en 1954. Rien à voir avec la chute du camp retranché de Diên Biên Phu, la nomination de Pierre Mendès

France à la tête du gouvernement, le très soviétophile retour d'URSS de Sartre ou l'affaire des fuites du Conseil de la Défense au profit du PCF. C'est juste que, soudain, il a eu le sentiment de cesser d'être un collaborateur pour devenir un instrument. Ce sont ses mots mêmes. Il avait franchi un point de non-retour. Au-delà du malaise, du mal-être qui s'en est suivi, il en a conçu de la tristesse. Pire que de l'amertume, une vraie et profonde tristesse comme peut en éprouver un homme à la suite d'une déception amoureuse ou d'une rupture affective. La confiance s'est érodée. Non la leur mais la sienne. À cette époque, il devait avoir une tête d'idéaliste faisant l'apprentissage de la compromission.

« Dès lors, ils avaient fait de moi un agent de renseignements, m'avait-il dit lors de notre rencontre.

— Mais que pensiez-vous être d'autre ?

— Un collaborateur. »

On ne se connaissait pas assez pour que je me sois cru autorisé à le relancer et à l'enferrer dans ses contradictions. Se rendait-il seulement compte de la résonance du mot « collaborateur » si peu de temps après l'Occupation ? Dans l'instant, j'ai eu l'impression qu'il lui conférait une sorte de noblesse.

Joseph Conrad écrit quelque part que le germe de la corruption pénètre l'âme d'un homme aussitôt qu'il noue un lien ; il ne lui en faut pas davantage pour signer sa perte.

Lui que ses chefs avaient toujours tenu pour un dilettante assez paresseux, autant dire un amateur, était enfin pris au sérieux. À une époque où l'on enjoignait déjà les hommes à cultiver leur are au lieu de s'aventurer dans l'hectare, il avait le sentiment que, dans le monde du Renseignement au moins, on le prenait pour un spécialiste. On le considérait.

Quand glisse-t-on de la propagande à l'espionnage? Le fil est ténu, la frontière poreuse. C'est affaire de tempérament. Un rien sépare l'espion du romancier. Écouter, observer, épier. Que n'a-t-il basculé du côté où ses chères études l'inclinaient?

Lui qui se croyait dans la confidence, il se retrouvait dans la connivence.

18

« La forme d'une ville change plus vite, hélas! que le cœur d'un mortel. » Il en est d'une ville comme d'une vie. Baudelaire avait tout compris. Pourtant, il ne connaissait rien à l'espionnage.

Qu'est-ce qui fait que soudain, en plein travail d'écriture, on soit tenté de s'interroger sur l'esprit des lieux où l'on écrit? Peut-être ce phénomène à jamais mystérieux que l'on nomme, faute de mieux, le génie des lieux. Par un concours de circonstances, par un tropisme qui me ramène irrésistiblement sur la terre de mon enfance radieuse et par l'amitié de Don José, j'écris en grande partie ce livre dans la douceur colorée, cosmopolite et nostalgique de Tanger. Il me faudra plusieurs jours avant de me souvenir que l'un des premiers films qui ont bercé mon imaginaire s'intitulait *Tanger, nid d'espions.* Ici, légations et chancelleries s'épiaient sans cesse ; quatre câbles sous-marins partaient de la ville et transmettaient immédiatement des renseignements en français, en anglais, en espagnol. Depuis, la légende a accrédité l'idée que Tanger avait été effectivement un nid d'espions.

J'aimerais tant le revoir, et pourquoi pas au Rif que l'on dirait ressuscité tout exprès. Impossible d'en retrouver la trace. Peut-être l'ai-je tant rêvé et mythifié que je me suis convaincu avoir vu un film qui n'a jamais existé ?

Vérification faite dans la riche cinémathèque personnelle de Don José, ma mémoire aura fondu *Casablanca, nid d'espions* d'Henri Decoin et *Mission à Tanger* d'André Hunebelle, deux nanars d'antan dont l'action se situe dans le Maroc de 1942.

19

Au fond, Georges Pâques avait fait défection. Joli mot en soi.

A defector, dit-on en anglais pour désigner les transfuges. Leur profil type : des hommes qui auraient dû être promus et qui n'ont plus d'espoir de l'être.

Pâques n'a pas brutalement basculé, il a glissé peu à peu. C'est toute l'intelligence des Russes d'avoir compris que ce type d'homme partage la psychologie des transfuges du KGB justement : ceux qui passent de l'autre côté lorsqu'ils sentent que leur promotion au sein de l'Organisation est freinée à jamais, qu'ils butent contre un plafond de verre, qu'ils n'iront jamais au-delà. Ils n'ont plus d'espoir d'avancement, comme dans n'importe quelle administration. Mais ce n'est pas parce qu'une idée nous console qu'elle est vraie.

Leur changement d'attitude ne l'a pas freiné pour autant; il avait le sentiment d'avoir été trop loin; il s'était trop engagé pour oser un demi-tour au milieu du guet. Chaque fois que la tentation revenait le hanter, elle était aussitôt dissipée par la situation internationale. La conjoncture, son cortège de spectres et de fantômes. Incroyable comme il s'en sera effrayé. Au point de livrer aux Russes des documents importants sur les éventuelles ripostes secrètement préparées par les Occidentaux au cas où le Kremlin aurait voulu signer une paix séparée avec la République démocratique allemande.

On pourrait écrire l'histoire de son retournement au prisme exclusif de ses différents officiers traitants. Les résidents du KGB à Paris. Lorsqu'elle s'ouvrit, la période Avalov fut prometteuse car le type était de qualité. Il avait fait des études de droit parce que Lénine avait fait des études de droit. Ce qui n'était pas un mauvais choix : il faut toujours prendre les grands pour modèles, cela tire vers le haut. Crâne chauve, allure chétive, vêtements flottants, tout en lui exprimait le fonctionnaire qui a maigri sous les soucis. Sa santé précaire le rendait plus humain que les autres dans son approche de la politique. Pauvre Avalov. Il a dû vite rentrer à Leningrad pour y mourir. Pâques eut juste le temps de lui transmettre le premier d'une série de rapports de mission. Timbré « Secret confidentiel » et daté du 18 novembre 1959, il concernait des renseignements glanés par les agents français dans la perspective d'une éventuelle action psychologique dans la région Danube-Balkans ; des objectifs de guerre psychologique en Allemagne et en Yougoslavie établis à partir de renseignements fournis par les agents français. La guerre psychologique, variété de la propagande, passionnait les Russes ; ils le bombardaient de questions ; ils brûlaient de savoir si les Occidentaux allaient laisser les émissions à destination des Balkans aux mains de Radio Free Europe ou si les Français n'allaient pas essayer de les récupérer.

Son successeur, Alexeïev, s'avéra moins intelligent et plus doctrinaire. D'une raideur perpendiculaire, il était davantage porté vers la clandestinité, à la limite du parano, s'évertuant à fixer ses rendez-vous à Pâques loin du centre de Paris, vers le pont de Tolbiac ou le pont de Neuilly, porte de Clichy ou à la station de métro Anatole-France de Levallois, comme s'ils étaient plus sûrs par nature. Dès qu'il le voyait arriver, il partait devant ; le Français le suivait et, lorsque son contact se retournait, il s'approchait de lui.

Le taciturne Alexeïev lui avait demandé de ne plus entretenir de rapports avec des membres du Parti communiste français, comme il disait en martelant chaque mot, en lieu et place de PCF, comme tout le monde disait. Pâques se plia à cette discipline, même s'il n'en voyait pas l'utilité, d'autant qu'il n'était même pas un communiste sans carte. Un non-inscrit. Autant dire qu'il n'était pas pris en charge par les cadres. Or nul n'était plus encadré que lui. Simplement, cela ne se voyait pas. Il obtint toutefois d'Alexeïev de continuer à fréquenter ses anciens camarades de promotion à Normale sup'.

Il arriva qu'ils aient des mots. Une fois même, au mépris de toute règle de sécurité, Alexeïev s'emporta. Un hiver des plus rigoureux, ils avaient marché dans la sinistre rue Watt, sous les voies ferrées de la gare d'Austerlitz, jusqu'à ce qu'ils trouvent un bistro où se réchauffer rue du Dessous-des-Berges ; et la discussion prit un tour politique inattendu ; pourtant Pâques l'écoutait à peine, comme il le faisait lorsqu'il jugeait qu'un interlocuteur ne parlait pas vraiment mais donnait juste de l'air à ses dents. Comment en sont-ils venus à la question du mensonge, je l'ignore. Toujours est-il que Pâques cita un mot de Marina Tsvetaïeva (était-ce un vers d'un de ses poèmes ou une réflexion échappée de son Journal ou d'une lettre, peu importe au fond) selon lequel « chaque mensonge émet au moins un rayon — en direction de la vérité », référence trop fine pour lui qui déplut fortement à Alexeïev :

« Son mari n'était-il pas dans la Garde blanche contre les bolcheviks ? s'offusqua-t-il.

— Et alors ? Il ne faut pas confondre les individus et les idées.

— Mais elle haïssait les communistes !

— Non : le communisme pour sa capacité à déshumaniser l'homme. C'est plus qu'une nuance. Il faut dire que les libertés, chez vous, tenta Pâques...

— Quoi, les libertés ? Elle est purement individuelle, votre liberté ! Et qu'est-ce qu'une conception de la liberté qui ne tient jamais compte de l'intérêt collectif ? Les masses...

— Ne dites pas "les masses". Je préfère la foule ou le peuple. Les masses, ça fait ruminants... »

Le mot de trop. Le Russe laissa éclater sa colère si fort que les consommateurs se retournèrent. Une table d'ouvriers, des gens du Bâtiment à en juger par leurs tenues, grogna. L'un d'eux se leva et vint réclamer des comptes à Pâques qui ne s'en laissa pas conter.

« Réactionnaire ? Oui, parfaitement, ne vous en déplaise. Et ce n'est pas vous qui allez m'en remontrer sur la défense des libertés au-delà du Rideau de fer. Allez demander aux Hongrois et aux Polonais ce qu'ils en pensent... »

Le Russe dut intervenir pour empêcher le type de s'énerver. Il l'approuva par conviction autant que pour le calmer. Mais son accent, son allure et sa mise trahissaient le diplomate soviétique. Il est probable que l'écho de ses éclats se fit entendre jusqu'à son ambassade car, peu après, il était définitivement renvoyé au Centre à Moscou, à son monde de bureaucrates triste à mourir mais d'une tristesse sans âge, qui sent la poussière et le moisi, des gens gris et dérisoires qui murmurent par nature tout en fumant comme des pompiers et en buvant comme des Polonais, milieu délétère à l'Est comme à l'Ouest, qui se convainc d'autant mieux de sa propre importance qu'il vit en totale autarcie intellectuelle. Sur ce plan-là, Russes, Anglais et Américains se valaient. Un tout petit monde où chacun se croit une bombe à retardement.

Avec Gavritchev, ce fut assez froid. Glacé même. Raide à l'image de ses cheveux courts et drus, organisés autour d'un épi totalitaire. Chacun faisait le minimum syndical. Son devoir mais pas davantage. Le KGB prit vite la mesure de l'absence totale d'affinités entre les deux hommes. Important tout de même. Pâques lui reprochait de n'avoir guère de sens politique ; il ne s'intéressait qu'à ses rapports de mission de productivité provenant des États-Unis. Si Alexeïev n'était pas chaud pour que Georges Pâques se présente aux élections à Chalon, Gavritchev y était tout à fait hostile, au point de refuser de le soutenir financièrement :

« Restez donc tranquille dans vos cabinets ministériels et ne vous mêlez pas de politique ! » lui disait-il sur le ton de l'injonction, avec un zeste de menace dans le froncement de sourcils, ce qui avait le don d'exaspérer Pâques, si épris d'action politique.

Et puis Gavritchev était lent, d'une lenteur calculée et indifférente à l'effet produit, dans les gestes, la conversation ou les manières de table. Pâques n'avait rien d'un hystérique, mais il ne supportait plus cette lenteur. Il lui cita un jour le mot d'un moraliste bien français (« Qui prend son temps prend le nôtre ») mais l'autre y demeura hermétique, à se demander même s'il l'avait entendu dans l'interminable laps de temps séparant la saisie d'un morceau de steak dans son assiette et l'ascension de la fourchette jusqu'à ses lèvres.

Heureusement, Gosousvski ne tarda pas à faire rappeler à Moscou son prétendu secrétaire d'ambassade pour le remplacer par Tritchine. Un tout autre calibre. Son sens des valeurs humaines étonnait Pâques, qui ne s'attendait pas à trouver une telle qualité chez l'un de ses agents traitants. Ses jambes arquées témoignaient de ce qu'il avait payé sa dette aux chevaux. Il se montra rapidement à la hauteur de sa couverture. Le fait est qu'il lisait tout, mais tout le temps. Du genre à lire la notice affichée dans l'ascenseur. Pour se justifier, il prétendait que la littérature commence aux listes pour les courses et s'arrête aux épitaphes sur les tombes, conception que le normalien-Lettres jugeait trop généreuse, à moins que la littérature ne fût sa paisible hérésie mais cela ne semblait pas être le cas. Du conseiller culturel, il avait effectivement le vernis que Pâques s'employa à faire craquer lors de leurs premières rencontres. Il tenta de le coller sur les limites de l'italianisme. Sa manière à lui de se venger des mois pénibles à supporter son prédécesseur.

« Pour vous, le baroque authentique, c'est l'art de l'équilibre ou du paroxysme ?

— Cela dépend : chez les jésuites, ce serait plutôt enseignement et propagande.

— Les jésuites, bien sûr... Mais c'est une erreur de croire qu'il manque d'unité, n'est-ce pas ? »

Il arrivait que Tritchine s'épanchât auprès de lui pendant leurs promenades.

« Souvenez-vous que nous ne sommes que poussière... » aimait-il à répéter à tout propos, sa manière bien à lui de couper court à la conversation en tournant en dérision tous ses enjeux, soudain renvoyés au néant de l'infini bavardage. Quel résident serait assez madré pour voir en Pâques un homme à la fidélité unique derrière cet homme aux sincérités successives ?

Les dîners diplomatiques insupportaient Tritchine mais il devait les honorer afin de conforter sa couverture. Il avait éprouvé un moyen efficace pour subir sans broncher la bêtise à front de taureau, la médiocrité et la futilité des conversations : il se récitait des poèmes de Pouchkine... Pâques fut vraiment ébranlé, intimement touché, le jour où Tritchine lui confia :

« Les Soviets ont sauvé ma famille en lui donnant des terres. Les miens, c'étaient des paysans pauvres. Je ne dis pas cela pour vous apitoyer mais vous expliquer. »

Avec lui, les rendez-vous n'avaient pas lieu à la sortie des stations de métro mais place de Breteuil, non loin du SGDN, le secrétariat général de la Défense nationale. Un processus invariable quand on eût plutôt imaginé le contraire afin de déjouer les soupçons — mais y a-t-il plus atypique que cet espion-là ? Quand Tritchine le voyait arriver à midi à la station de bus 28, il partait dans la rue adjacente. Pâques le suivait et lui remettait les documents dans une serviette en cuir — discrètement, tout de même. À 15 heures, *bis repetita* dans l'autre sens à l'autre arrêt de bus. Les spécialistes de l'ambassade avaient donc trois heures pour photographier les études et notes d'information du SDECE, les services français du contre-espionnage, sur Nikita Khrouchtchev, les congrès d'étudiants, Fidel Castro, le syndicalisme en

Amérique latine, la pénétration soviétique dans le tiers monde... Ou encore les exposés d'attachés militaires occidentaux aux réunions des services de renseignements (Istanbul 1959, Fort-de-France 1960, Baden-Baden 1960) sur les questions d'organisation (forces d'intervention, corps de bataille, fabrication de la bombe atomique, Mirage IV, démarrage de la réalisation d'un engin stratégique), sur les moyens nécessaires à la force d'intervention outre-mer, sur les protocoles secrets entre la France et les pays africains pour une intervention militaire. Et même des procès-verbaux du comité de défense relatif au retrait de l'OTAN de la flotte française en Méditerranée. Ou encore des notices psychologiques sur les officiers de l'État-major général de la Défense nationale avec moult détails sur leur vie privée.

Pâques y allait crescendo. Pas question de se brûler en en donnant trop d'un coup. Petit, il avait toujours entendu dire : « Même si tu fais quelque chose de mal, fais-le bien. » Un réflexe d'artisan consciencieux. Ce n'était pas une perte de temps car la durée lui était indispensable pour raffermir la confiance du Centre. Comme s'il éduquait ses maîtres.

« Du bon travail, se souvenait Grossouvski en connaisseur. Du matériel inégal mais les pépites compensaient le tout-venant qu'on pouvait déjà trouver dans les revues de Défense sans trop se fatiguer. »

Il en manque deux. Les deux derniers : Lyssenko et Vlassov. Ceux qui coïncident avec la nomination de Georges Pâques à l'OTAN. Drôle de bonhomme que ce Lyssenko. Grand, ou plutôt dégingandé, embarrassé de sa carcasse comme un basketteur mal reconverti à la vie civile, il ne le lâchait pas. À croire que le dossier Pâques était sa seule occupation à l'ambassade, à moins que ses chefs, Grossousvky en premier lieu, ne lui aient donné l'ordre de le serrer au plus près en raison de ses nouvelles responsabilités.

Lyssenko fut le premier à lui imposer un rigoureux système de rattrapage en cas de rendez-vous manqué : le lendemain au même endroit puis les 10, 20 et 30 du mois au métro République, sortie faubourg du Temple, à 9 heures du matin. En cas d'extrême urgence, il devait appeler l'ambassade, demander M. Vago de la part de Julien. On répondrait que c'était une erreur mais l'appel téléphonique suffirait pour fixer le rendez-vous le soir même à 21 heures, toujours au métro République. Sinon, pour lui faire signe, Lyssenko continuerait à lui envoyer par pneu ou lettre deux cartes de visite au nom de'Eduardo José Gracia de Abarca. Ou il lui téléphonerait chez lui. INValides 40-71 et il dirait qu'il appelle de la part de Gracia. Dans les deux cas, cela signifierait : rendez-vous à 21 heures à République.

Pâques s'y tint.

Ingénieur de formation, ce Lyssenko était un vieux

célibataire féru de nouvelles techniques; il passait son temps libre chez lui à bricoler des machines incertaines; une vraie bête à concours Lépine. Aussi Pâques ne fut-il pas vraiment étonné le jour où, dans un bistro de la rue du Laos, près de l'École militaire, Lyssenko lui remit ce qu'il appelait, avec une mine aussi mystérieuse que gourmande, « un appareil spécial » : une petite chose de la taille d'un gros étui à cigarettes constituée de deux roulettes déclenchant de l'intérieur une source lumineuse.

« C'est pour faire des photocopies. Il vous suffit de placer l'appareil sur le document en appuyant les roulettes sur le papier. Vous verrez... »

C'était tout vu : Pâques n'était pas doué. Pas pour la technique. Il pouvait démonter le *Rêve de sainte Ursule* de Vittore Carpaccio, de sa naissance dans l'inconscient de l'artiste à sa restauration cinq siècles plus tard, mais il n'aurait pas su bricoler un poste de radio. Pendant quelques semaines, leurs rencontres ne semblèrent être consacrées qu'à cela : l'apprentissage technique de l'espion.

Une nuit, il s'enferma dans son bureau à la maison, pendant que sa femme dormait, pour tenter de comprendre le moyen de charger cette maudite machine. Il renonça au bout de trois essais.

« Tenez, je vous le rends, mais gardez-le, dit-il à Lyssenko.

— Ce n'est pas la première fois que vous me dites ça.

— C'est la dernière. Ces choses-là ne sont pas pour moi. »

Lyssenko plongea alors son bras interminable dans un sac dont il tira une enveloppe qu'il lui remit en l'accompagnant d'un mot d'encouragement, un « Essayez ça... » résigné et compatissant.

Le soir même, Pâques testa dans sa salle de bains ce papier chimique censé reproduire un document par contact direct avec pression. Quelques minutes à peine sous un bottin devaient suffire. Au second essai, le système ne fonctionnait toujours qu'imparfaitement : seules les premières frappes de machine à écrire apparaissaient; et sur les doubles et les stencils, le texte demeurait quasiment illisible. Pas abattu pour autant, Lyssenko lui fit essayer un autre papier au carbone blanc mais qui ne pouvait être utilisé que pour de courts messages.

« Alors?

— J'ai fait un essai : ça marche, mais...

— Mais?

— Pas pour la reproduction d'un document.

— Et avec les micropoints, vous en êtes où? Vous savez, au microscope, on finit par les lire une fois qu'on les a extraits avec une aiguille de l'angle de la carte postale. Vous vous rappelez que je vous ai remis une loupe dissimulée dans un briquet pour lire le texte de ces micropoints.

— En fait, j'ai réussi à développer deux micropoints sur cinq avec un révélateur ordinaire, mais je les ai perdus en tentant de les placer sur la plaque de la loupe... »

Pâques laissa échapper un bon sourire et, un rien débonnaire, tapota l'épaule du Russe :

« Croyez-moi, Lyssenko, je vais continuer à faire comme au bon vieux temps : de la main à la main. »

C'était justement ce dont ses officiers traitants ne voulaient plus, et le chef Grosousky en particulier : les vieilles habitudes. Il était temps que l'agent Pâques se professionnalise un peu. Qu'il apprenne à sophistiquer ses méthodes. Ils en avaient les moyens techniques. Mais, au-delà de son incompétence et de sa maladresse, en aurait-il seulement le goût ? Lyssenko sortit alors son arme ultime : un Minox.

« Un quoi ? réagit Pâques, amusé.

— C'est un appareil photo subminiature, en métal, fabriqué depuis quelques années en Allemagne après l'avoir été en Lettonie. Vous voyez, c'est minuscule, robuste, l'optique n'a pas de diaphragme et l'image a malgré tout une définition remarquable.

— Mais elle est minuscule...

— 8 millimètres sur 11. Ne vous inquiétez pas, on a ce qu'il faut pour agrandir.

— Et pour transmettre, je fais comment ? »

Lyssenko plongea à nouveau sa main dans son cabas de ménagère, le visage barré du sourire de celui qui a anticipé la question, pour lui mettre une petite boîte sous le nez :

« Voilà. Un étui métallique pour cigarettes anglaises contenant un aimant. Il vous suffira de le “coller” sur une plaque de rue ou toute autre plaque à hauteur d’homme. Je serai derrière vous à distance raisonnable. »

Les Russes étaient très confiants dans la solution Minox. Depuis des années, Georges Pâques sortait les documents du coffre à l’heure du déjeuner, les rangeait dans sa serviette en cuir, sortait en même temps que tout le monde pour se rendre au restaurant et transmettait à son contact dans la rue, dans le métro, dans un café, dans une église ; deux heures après, un autre contact les lui rapportait dans l’un de ces lieux, il rentrait au bureau et les remettait en place. Ce petit manège a duré des années sans que nul ne se doute de rien. Les professionnels de l’espionnage qui ont critiqué *Five Fingers* (en français *L’affaire Cicéron*, machine filmique diaboliquement mise au point en 1952 par Joseph Mankiewicz) ont raillé les séquences où James Mason, impeccable valet de chambre de l’ambassadeur britannique à Ankara pendant la guerre, déplace des documents secrets hors du coffre-fort pour les microfilmer. Ils ont jugé cela farfelu. Or non seulement c’est attesté mais Georges Pâques a été plus loin encore dans l’inconscience puisqu’il sortait régulièrement des documents du bureau.

C’était discret, mais tout de même ; cela durait depuis trop longtemps, les risques devenaient trop grands, la pression trop forte ; Pâques commençait lui-même à en ressentir les effets.

Une certaine angoisse. Légère, mais diffuse. Une fois, la DST l'avait interrogé du temps qu'elle essayait de savoir qui informait le Viêt-minh sur les plans de défense français ; mais c'était en 1954, en pleine guerre d'Indochine, et des dizaines d'autres hauts fonctionnaires avaient pareillement été questionnés dans le cadre de ladite « affaire des fuites ». On conçoit que, pour quelques-uns, « une certaine angoisse » devienne une seconde nature.

20

Courageux, Pâques ? Je ne crois pas qu'il ait eu conscience du danger. En tout cas, rien dans son comportement, son attitude, ses écrits ne le manifestait. Il n'a pas plus de courage que le cavalier perdu dans le manteau neigeux qui cherchait le lac de Constance et l'a traversé sans le savoir ; à ceci près que le héros du conte de Gustav Schwab, lui, meurt de peur à l'arrivée lorsqu'il se rend compte qu'un gouffre de glace aurait pu cent fois s'ouvrir sous le sabot de son cheval.

Le courage, c'est de savoir vivre avec ses peurs, se les concilier à défaut de les dépasser. Si l'on est vaincu par elles, il faut apprendre à s'en accommoder au lieu d'en avoir honte. Il était chaleureux mais son regard était froid. L'homme au regard froid est celui qui refuse de se laisser entamer par l'angoisse de la mort. Le début de la sagesse.

21

Il n'avait aucun sens pratique, c'est peu de le dire. Après quelques essais infructueux, il rendit son « appareil spécial » à Lyssenko dépité :

« Désolé mais je n'y arrive pas. Ce n'est pas faute d'avoir essayé mais, je vous le répète, ce n'est pas pour moi ces choses-là. »

Le Russe devait vraiment faire une sale tête pour que Pâques lui propose aussitôt une solution de rechange :

« J'utiliserai mon propre Leica équipé d'une bague pour les vues rapprochées. Faible lumière, grosse ouverture, pellicule sensible : en le posant sur un trépied, cela devrait aller. »

Le Russe accepta sans trop y croire.

S'il avait su, Pâques aurait demandé à bénéficier du même privilège que son « collègue » Hugh Hambleton, une autre de leurs taupes au QG de l'OTAN : une camionnette équipée d'un laboratoire photographique qui reproduisait les documents pendant qu'il marchait dans les bois avec son agent de liaison.

C'est bête mais, dans ces moments-là, nul mieux que sa femme n'aurait pu aider Pâques, à supposer qu'il le lui ait demandé mais il ne le lui demanderait jamais car elle ne *devait* pas savoir. Personne n'avait jamais été dans le secret. Cultivée mais moins brillante que lui intellectuellement, Viviana était dotée de ce pragmatisme, ce sens pratique, ce côté positif, cet esprit concret qui lui faisaient cruellement défaut. Elle gérait le budget de la famille et les affaires de la maison, il régnait sur la cuisine et la vaisselle. Leur petit Yalta.

Une semaine après, il rapporta une bobine à Lyssenko. Mais c'était si mauvais que les documents s'avérèrent illisibles.

« Il m'a fallu me dépêcher à cause de ma femme. Alors, forcément, la précipitation m'a rendu maladroit et tout a bougé.

— Comment ça, votre femme ? Elle travaille à l'OTAN maintenant ?

— Mais non !

— Alors vous lui avez parlé ! Vous êtes...

— Mais non ! J'ai fait ça à la maison, en fermant la porte, mais tout de même.

— Vous avez sorti des documents confidentiels toute une nuit ?

— Je sais, ce n'est pas très prudent, je n'aurais peut-être pas dû. De toute façon, je renonce à ces mœurs modernes. Dorénavant, on fera comme avant, de la main à la main. »

Quand on pense à tous les fantasmes que suscite l'univers de l'espionnage chez les esprits les mieux armés, et que l'on découvre ces pratiques d'artisan consciencieux, de la main à la main... Au fond, Pâques est resté un amateur aux yeux du monde du Renseignement. Mais un amateur qui ne fait que cela. Ce qui change tout.

Lyssenko a-t-il été sanctionné à cause de son échec dans la minoxisation de sa taupe ? Toujours est-il que, peu après, il fut rappelé au Centre à Moscou et ne reparut jamais.

Vassili Vlassov prendra sa suite. C'est lui le dernier de la liste avant la chute de Georges Pâques. Le charme même, autrement dit une séduction naturelle mâtinée d'intelligence, et l'art de suggérer sans en avoir l'air. Il s'était taillé une réputation avantageuse à force de se plaindre de l'étroitesse des Françaises dans les cocktails diplomatiques. Sacré Vlassov ! Celui-là, je regrette bien de ne pas l'avoir connu mais où le retrouver aujourd'hui dans la nébuleuse des anciens de la police secrète, à supposer qu'ils soient encore de ce monde ?

Je n'ai aucun doute au sujet de son influence sur Pâques. Il exerçait sur lui un empire presque aussi vaste et profond que Goussovski, mais rien ne dit qu'il fût également idéologique. De toute façon, là n'était pas la question. Il ne s'agissait pas d'en faire un communiste, surtout pas. Ni un compagnon de route. Ni même l'un de ces idiots utiles dont l'intelligentsia française s'était fait une spécialité.

Il a dû puiser dans ses réserves de patience pour convaincre Pâques de se remettre au Minox. Car il y est parvenu ! Il a dû se dire qu'en fait il en est de l'espionnage comme de l'enseignement : quelle détestable facilité que de se reposer sur son savoir-faire ! Ce serait être avare de soi, s'enliser dans la routine sans jamais se remettre en question. Il transmit donc les rapports timbrés « Secret » des attachés militaires français grâce à un Minox. Celui de l'attaché du poste d'Ankara qui étudiait l'implantation et l'état d'avancement des travaux de la chaîne des radars « Early Warning » de l'OTAN en Turquie. Celui, moins intéressant et même pas *classifié*, du poste de Washington sur le fonctionnement du National Security Council. Et une grande quantité (deux cent cinquante-trois, très précisément) de notes de synthèse dites « détaillées », au risque éventuel de l'oxymore (à supposer que leurs rédacteurs se soient souciés des figures de rhétorique, ce qui paraît improbable), de la division du Renseignement sur la défense américaine classées « Secret », « Très secret » ou encore « Secret confidentiel ».

Il avait ses rituels. Il s'était fait sa propre machine Enigma. Elle ne devait pas être bien sophistiquée mais lui servait à crypter et décrypter le numéro de téléphone de Vlassov avant de l'inscrire dans son agenda. Y étaient également mentionnés sous forme codée l'endroit et la date où retrouver en Italie le contact avec les services russes en cas de troubles graves ou de révolution en France.

Il était sur la bonne voie. On le sentait proche d'une certaine maîtrise. Il avait la capacité de déceler aussitôt en chaque chose son secret. Quelques mois supplémentaires auraient été nécessaires pour en faire un parfait espion. Il en fut autrement. Un grain de sable a suffi. Façon de parler : en fait, une véritable pelletée. Elle emporta nombre d'agents des Soviétiques en Europe, dont leur principale taupe à Paris, lui.

22

Et l'argent? Impossible de ne pas y penser, ne fût-ce que pour balayer l'argument. Il n'était pas vénal. Pourtant je n'en possède pas la preuve. Mais en pénétrant en 1985 dans son bel appartement du square des Écrivains-Combattants-Morts-pour-la-France, en bordure du boulevard Suchet, là où les agents immobiliers assurent que le XVIe arrondissement de Paris est à son meilleur en raison de la proximité du Bois, une antienne de Cartier-Bresson m'est revenue à l'esprit. Une phrase qu'il avait fabriquée dans les années vingt en en découpant les lettres dans *L'Écho de Paris* avant de la coller sur le miroir de sa chambre d'adolescent : « D'où vient l'argent ? » Il s'était baladé partout dans le monde durant tout le xxe siècle en conservant à l'esprit ces mots-là dans cet ordre-là. Chaque fois que le spectacle de la puissance étalée, ou celui de l'arrogance du fric, venait l'assaillir, parfois même par la seule intercession de beaux bijoux ou de grosses voitures, il se faisait un devoir moral de s'interroger : « D'où vient l'argent ? » À force de me le raconter, il me l'a transmis.

Pâques dit avoir reçu environ 10 000 francs des Soviétiques en compensation du préjudice subi en restant à des postes où il pouvait leur être utile alors que son propre plan de carrière le menait ailleurs. Il l'a reconnu tout en précisant que le dédommagement était sans commune mesure avec le préjudice. À chaque fois, son officier traitant a exigé qu'il signe un reçu. Ce qu'il a fait. Les yeux m'en tombent. On se croirait à la Poste.

N'empêche qu'on trouvera des versements injustifiés dans ses comptes bancaires entre 1955 et 1963 : 100 000 francs par ici, 300 000 francs par là. Gênant. Mais à l'en croire, les Russes n'ont jamais exercé de pression ni de chantage sur lui. Jamais. Inquiétant.

23

Aurais-je cherché à la revoir, quitte à provoquer la rencontre, que je n'y serais parvenu. Trop compliqué pour un résultat trop incertain. Elle m'intrigue autant qu'elle m'attire, la petite-fille des Gossouvski. Nul besoin d'être un grand mathématicien pour imaginer que le hasard puisse être aussi la rencontre de deux déterminismes. Nul besoin d'être poète pour déceler un rendez-vous derrière un hasard.

Malgré la proximité de la Sorbonne, je n'imaginais pas la croiser ce jeudi-là en déjeunant seul au Balzar; il est vrai que les étudiants y sont beaucoup plus rares que les professeurs; à moins qu'il ne s'agisse d'étudiantes et qu'elles y soient invitées. Son cas car c'est bien elle, là-bas au fond de la salle, adossée au mur, face à un homme beaucoup plus âgé qu'elle si j'en juge par sa calvitie, ses cheveux blancs, sa corpulence et cette allure de fonctionnaire soviétique qui m'obsède un peu, c'est vrai, depuis que je suis immergé dans la vie de Georges Pâques. Si cela se trouve, c'est un vieil oncle excentrique entraîneur d'une équipe de hockey sur glace. Le regard distrait de mon journal par sa gestuelle, je l'observe parler, parler, parler jusqu'à ce qu'elle m'aperçoive, me reconnaisse et se taise soudain, comme si j'avais le don de lire sur les lèvres.

La brasserie se fait moins bruyante à mesure que la clientèle regagne ses bureaux. Elle raccompagne l'homme à la porte, à croire qu'elle reçoit; elle le salue et se dirige vers moi :

« Décidément, on ne se quitte plus. »

À son air si sceptique, elle doit se demander si je ne

la piste pas, toujours fourré en embuscade si près de sa faculté. Je m'enferrerais si je lui disais la vérité, à savoir que je sors de « sa » bibliothèque, celle de « sa » faculté, où je me suis enfermé quelques heures à seule fin d'y lire *La guerre et l'action psychologiques en France (1945-1960)*, une thèse que Marie-Catherine et Paul Villatoux ont soutenue le 4 mars 2002 à Paris-I-Panthéon-Sorbonne. Un travail fondamental sur l'attitude de la République et de son armée face audit « péril subversif ». J'y ai trouvé des détails sur le plaidoyer de Pâques en date du 2 mars 1949, en faveur de la création d'un comité restreint de guerre psychologique, directement relié au président du Conseil, organisme de contre-propagande qui s'appuierait notamment sur les postes émetteurs de radio. On vivait en pleine psychose du complot subversif. Quelques mois après, pour le soixante-dixième anniversaire de Staline, une étrange exposition se tenait à la Maison des Métallos à Paris : les quelque trois mille cadeaux collectés à travers le pays pour être expédiés au petit père des peuples à Moscou.

Ainsi, au plus froid de la guerre froide, il hurlait avec les loups et hâtait la création de cette cellule chargée de lutter contre l'ennemi de l'intérieur, cette conspiration invisible mais hautement dénoncée par lui comme étant ourdie par le parti de l'étranger et la cinquième colonne. Autrement dit : le PCF et l'URSS...

Peut-être ne suis-je allé fouiller cette thèse, dans un

grand moment de doute, que pour y trouver une confirmation de ce que je sais déjà : « Georges Pâques reste à ce jour le seul espion d'importance au service du KGB démasqué par les services de contre-espionnage français. » Étrange comme, à mi-chemin de l'écriture d'un livre, on s'autorise un peu moins ; l'incertitude nous tenaille et il nous faut nous en délivrer sous peine de sombrer dans l'irrésolution, terreur des plumiers ; au milieu du gué, le scepticisme est un luxe. Le fait est que je ne m'en suis jamais accordé les moyens.

Au lieu de lui dire la simple vérité, je lui en sors une autre, tout aussi vraie, mais pas ce jour-là :

« C'est à cause de mon magasin préféré, Au vieux campeur, le seul de Paris qui dispose d'un grand choix de palmes, et le dernier où l'on puisse se procurer des lunettes de natation aux bords non pas siliconés mais couverts de mousse, si bien adaptés à la morphologie de mon visage qu'eux seuls ne laissent pas l'eau pénétrer, vous voyez...

— Je vois... »

À son état d'incertitude, je comprends que ces considérations aquatiques ne font qu'aggraver mon cas. Avant de m'embourber davantage, d'un geste de la main, je l'invite à s'asseoir.

« Alors..., fait-elle, aussitôt posé sur la table son barda de feuilles, de journaux et de livres.

— Quoi ? »

En lieu et place de la remarque malicieuse qui m'ouvrirait une porte d'accès derrière le sourire, enfin, j'ai droit à une injonction :

« Les noms, vous ne les mettrez pas dans votre livre.

— C'est une idée fixe chez vous. Pour tout vous dire, je l'ignore encore, Nathalie. »

À son air, on la croirait prise en défaut, piégée. Comme si son prénom était tabou. Elle semble un rien scandalisée.

« Comment le savez-vous ?

— J'ai enquêté...

— Qui vous a autorisé...

— Mais non ! C'est l'homme à la porte, il y a un instant, qui l'a prononcé en vous saluant. »

Elle disparaît aux toilettes. Des affaires qu'elle a provisoirement abandonnées entre nos verres sur la table du café, un livre émerge : *Le petit prêtre de Calabre,* originellement *Il previtocciolo,* d'un certain Don Luca Asprea. Tenaillé par la curiosité, je me hâte de le feuilleter. Manifestement, l'histoire d'un homme qui ne pense qu'à baiser depuis l'âge de cinq ans, et qui passe à l'acte chaque fois que la vie lui en donne l'occasion ; le futur curé de campagne s'en tient au récit de ses années de collège et de séminaire. Le rabat de la couverture révèle qu'il a été obligé d'user d'un pseudonyme. Il ne peut plus exercer son sacerdoce, ni même retourner chez lui, là où il est né, parmi les paysans d'Oppido Mamertina. Et pour cause : « Tous les noms propres contenus dans le livre sont ceux de personnes et de lieux réels. »

Les noms, toujours.

Celui qui signe la dédicace en français est difficilement déchiffrable ; mais l'écriture, pour chaleureuse qu'elle paraisse, ensuite se brouille. Ce ne peut être l'auteur. Le jeune homme qui le lui a offert peut-être. Je le referme. Sur la couverture blanche de la collection « Du monde entier » de Gallimard, sous le titre, on peut lire : « Traduit de l'italien par Georges Pâques. » Dans ces moments-là, on se dit bêtement que la boucle est bouclée, sans être capable de préciser laquelle et comment. 379 pages bien tassées, cela a dû l'occuper, au début des années soixante-dix. Quand il ne traduisait pas, il donnait des leçons à Paris, comme Don Luca Asprea à Rome. Des leçons particulières : c'est tout ce qui reste à ceux qui se cachent, évitent de faire des vagues.

Une main referme soudainement le livre et le replace tout aussi fermement sous le sac. Elle s'assoit. J'en bafouille et, pour m'en sortir, je l'invite à faire quelques pas ensemble, histoire de mieux se connaître. Entre hommes, c'est facile : il suffit de se serrer la main ne fût-ce qu'une seule fois pour savoir à qui s'en tenir. Avec Nathalie, il faut contourner. Marcher à ses côtés. Elle est si déterminée, se déplace d'un pas si assuré, si flatteur pour le délié de ses jambes, que ses amples foulées la font avancer deux fois plus vite que moi alors que je la dépasse d'une demi-tête. Marcher, il n'y a que cela de vrai. Pas seulement pour l'allure, le rythme, le mouvement ou toute autre manière d'occuper l'espace. Ni pour la réaction lorsqu'un sans-abri vient quémander une pièce : comment donner sans marquer une générosité ostentatoire ? comment ne pas donner sans exprimer une pingrerie mal refoulée ? Je me demande ce qu'elle pense de ces amoureux qui prennent le soleil, assis à la terrasse du café de la Mairie, et que nous ne pouvons éviter de regarder en attendant que le feu passe au rouge et nous permette de traverser. Certains couples, leur bonheur public est si insolent que l'on se retient de leur crier : « Un jour ou l'autre, vous finirez par le payer cher, très cher ! »

Qu'importe puisqu'elle est ailleurs. Le moindre prétexte lui est bon pour tourner légèrement la tête et lancer un bref regard derrière nous, comme si elle s'assurait que nous ne sommes pas suivis. Si elle avait porté des souliers d'homme en lieu et place de ses bottes noires, elle aurait certainement prétexté des lacets à nouer. Grossouviski, son grand-père, m'avait fait remarquer que certains ne se retournent jamais une fois qu'on les a quittés, alors que d'autres, toujours, Georges Pâques par exemple.

« Les noms russes...

— On n'en sort pas.

— Important, le nom, dit-elle. C'est un ambassadeur et un chevau-léger. Un nom peut claquer comme un drapeau. Notre nom nous précède et nous suit. Vous pouvez passer des heures à parler avec un inconnu assis en face de vous dans un train et le découvrir soudain à l'énoncé de son identité. À la manière dont certains prononcent les noms de gens connus, vous pouvez vous rendre compte qu'ils les connaissent à peine, ou moins qu'ils ne le prétendent.

— Vous ressassez, c'est insupportable.

— Voyez "George W." !

— Le président ?

— Quand on l'interrogeait sur ses goûts culturels, il ne parlait que de base-ball, jusqu'à ce qu'un conseiller s'en mêle. Une fois il s'est souvenu d'un roman d'espionnage qu'il avait offert à son père quand il est devenu patron de la CIA, et il s'est mis à citer John Le Care ou John Le Carrier, mais il n'arrivait jamais à le prononcer correctement car, en fait, il n'en avait jamais entendu parler.

— William Boyd, vous connaissez ?

— À peine un nom pour moi, fait-elle évasive.

— Il a consacré une passionnante étude au monde de John Le Carré, justement. Le soin avec lequel celui-ci nomme ses personnages ne lui a pas échappé. Pas de John Foster, de Sally Thompson, de Martin Smith, ou de Jane Brown chez lui mais des Percy Alleline, Ricky Tarr, Connie Sachs, Roy Bland, Jim Prideaux, Peter Guillam et Toby Esterhase. Ce qui change tout. On les mémorise aussitôt et ils se mettent à vivre car un passé sourd et surgit au seul énoncé d'une identité parfaitement typée. »

Moi, c'est juste Georges Pâques, Français de France et rien de plus. À peine impressionnée, je la sens revenir à son idée sans que rien ni personne ne puisse la faire dévier. D'ailleurs, elle ne songe même pas à dissimuler et fonce, désinhibée comme jamais :

« Un nom dit tout et sonne comme un rappel à l'ordre. Dans certains cas, il résonne comme une dénonciation. Ne les traitez pas à la légère dans votre livre, si toutefois vous les écrivez. Derrière des noms il y a des gens. L'indiscrétion, ça peut blesser, et même tuer.

— On peut aussi nommer pour rendre hommage, tentai-je.

— Croyez-le si ça vous arrange mais vous ne serez pas cru.

— Mais qu'est-ce que cela peut vous faire ? »

Cette fille a vraiment l'art de répondre à l'énigme par une autre énigme. Juste assez pour envoûter. Tandis qu'elle parle de ses recherches en cours sur la patronymie proustienne, j'observe ses mains ; elles sont de celles dont on imagine l'habileté à arranger des fleurs coupées dans un vase avec une délicatesse qui ne devrait rien à la technique, à l'expérience ou à l'observation, mais tout à la sensibilité.

Elle m'envoûte, dût-elle chaque fois me pousser dans mes retranchements, m'acculer à affronter mes contradictions. Sa compagnie ne me met pas tout à fait à l'aise; j'en suis pourtant à la rechercher, et à perdre un peu le nord si je ne la trouve pas. Elle me reproche de trop m'intéresser au passé mais comment parler aux vivants sans parler des morts? Je n'ai jamais su.

Il y a quelques jours encore, j'ai ouvert les yeux peu avant 6 heures, l'esprit encore tout enchifrené de mon rêve de la nuit : dans les rues de Paris écrasées de soleil puis enténébrées par un épais brouillard, je suivais une silhouette de femme qui m'avait aimanté à la sortie du métro, tel André Breton à la poursuite de son insaisissable Nadja, jusqu'à ce qu'elle se tourne vers moi et me fixe d'un regard implacable, un de ces regards qui ne vous laisse aucune échappatoire. Elle, sans guère de doute, ses bras en arrondi portant un livre comme on entoure un nouveau-né. L'atmosphère était des plus étranges; les oiseaux, qui tenaient conférence autour de nous, y faisaient flotter une nostalgie d'empire : des mésanges bleues chantaient en grec koinè, un merle sifflait *La marche de Radetsky* (ou peut-être Razdeski, ces noms, je ne m'y ferai jamais). On dit que les rêves recèlent des éclats de réalité; on les appelle « les restes du jour ».

Une fois parvenus à portée de souffle, notre échange fut des plus brefs :

« Les noms, pourquoi? lui demandai-je.

— Tombeau.

— Mais c'est quoi toute cette histoire ?

— Tombeau ! Tombeau ! Tombeau ! »

Alors ses lèvres se pinçaient jusqu'à se réduire à un ourlet mince comme le jour sous la porte, son masque se durcissait, son regard se glaçait. Toute la journée, j'ai vainement tenté de me souvenir du titre du livre qu'elle tenait avec tant de précaution, comme si elle le berçait. Mais je crois qu'il racontait l'une de ces histoires où quelqu'un doit mourir pour que, par contraste, les autres apprécient mieux la vie.

Bizarre comme on peut s'attacher à une femme qui ne fait rien pour. À moins que ce ne soit une stratégie. Pas elle. Elle a autre chose en tête. Le fait est que, malgré tout, depuis notre première rencontre, je me sens disponible à tout moment pour lui faire découvrir les mœurs secrètes des choses et lui apprendre à tenir registre de ses instants de bonheur, ce pour quoi elle ne semblait pas douée.

Comme si sa présence avait aboli le temps, l'âge, la durée pour faire place à son seul mystère. De toute façon, John Le Carré s'appelle en réalité David Cornwell. C'est absurde mais, à cause d'elle, j'en viens maintenant à me demander si Georges Pâques n'était pas un enfant de l'Assistance publique baptisé en fonction du calendrier.

24

On s'embarque dans une enquête sur le passé d'un homme. Quelques livres, des coupures de presse, une poignée de contacts, des intuitions. Une phrase peut suffire, surtout si elle devient formule dès lors qu'elle sort de la bouche d'un grand artiste : « Ce que je trouve m'apprend ce que je cherche. » Et plus encore ce hasard heureux qui nous mène à des trouvailles sans que nous l'ayons fait exprès, cette capacité à inventer par accident et sagacité ce à quoi nous ne songions même pas, et à découvrir par l'interprétation des indices ce que nous ne cherchions pas : l'état de sérendipité. Tout de même, c'est rassurant de parvenir à mettre enfin un nom sur ce que l'on vit — même s'il est imprononçable.

Il est vrai qu'avec ma dilection à bricoler mes livres plutôt qu'à les sagement composer dans les règles, je prends des bouffées de passé en pleine figure comme si j'avançais sur une route la tête hors de la portière. L'exercice est aussi grisant que déconcertant. Des fragments de vie surgis par explosions. Des bordées de réminiscences venues d'on ne sait où, sans égard pour la chronologie et la passion des continuités. D'autant qu'avec un homme de l'ombre, moins qu'avec tout autre, on ne s'y retrouve ; les repères se brouillent et c'est tant mieux. On peut s'y perdre, même si je sais bien, instruit par l'expérience, que vient toujours un moment de grâce à mi-parcours où le puzzle commence à ressembler à quelque chose qui se tient, un portrait sous forme de paysage mental, avec ses vallons enténébrés et ses plaines ensoleillées, ses dépressions et ses pics. Dans ces moments-là, la métaphore météorologique par laquelle le général de Gaulle définissait le tempérament de son cher Malraux m'est d'un secret secours : « Brumeux, avec quelques éclaircies. »

Georges Pâques est un climat semi-océanique de plaine typique du Bassin parisien, aux températures modérées, parfois susceptible de précipitations en raison de perturbations atlantiques.

Une fois, alors que j'évoquais son passé devant un ancien haut fonctionnaire de la Défense nationale, celui-ci m'a troublé en m'assurant que je n'avais cessé au cours de notre conversation de parler d'un certain Georges Opaque.

25

La solitude de cet homme m'effraie à mesure que j'avance dans sa vie car elle semble irréductible à une explication déductive. Jamais on ne connut dans les annales de l'espionnage d'agent plus esseulé que Georges Pâques.

Ce n'est pas son métier, contrairement aux autres pour qui c'est d'abord une profession, avec éthique et points de retraite. Les espions ont des collègues de bureau ; retour de mission, ils fréquentent le Centre ; ils rendent compte à des supérieurs. En vingt années d'activités ininterrompues, Pâques n'eut jamais personne à qui se confier. Ni d'un côté ni de l'autre. Il était muré dans son secret, non par choix mais par nécessité. Comment aurait-il pu supporter une si pétrifiante solitude si quelqu'un ne l'y avait aidé ? À part Dieu, on ne voit pas ; la littérature peut-être, les jours où Il se retire du monde pour laisser à l'homme son libre arbitre. Un Dieu si proche et si difficile à saisir. Sinon, la musique. Je l'imagine bien passer ses soirées à écouter un concert de Richard Strauss à la radio, *Zarathoustra* ou *Mort et transfiguration*, les écoutant chez lui, dans son fauteuil en cuir patiné *al dente*, un verre de whisky à la main, deux glaçons pas trois. Seul face à son secret.

Sa force lui est venue d'un inépuisable réservoir de vertus passives où la patience côtoie le renoncement et la résignation.

Je ne sais plus ce qu'il est au fond car plus je le fouille dans sa complexité, moins il est réductible à une épithète. On sait que la vérité est rarement pure et jamais simple. Au moins, je devine déjà ce qu'il ne sera jamais : le K. du *Procès*. Un châtiment à la recherche de sa faute. Il est le contraire en fait : un crime dans l'attente de sa condamnation. Quant au jugement, il n'est pas du ressort des hommes. Pas pour un homme comme lui.

Pourtant, vu du dehors, il avait tout d'un bon bourgeois. Un homme tranquille. Quelqu'un de normal aux yeux de sa concierge, et comment aurait-il pu en être autrement ? L'enquête de voisinage de l'officier de police principal Auguste Rombaut n'avait rien donné, au 180 rue de Grenelle, là où le couple vécut à ses débuts, comme au 5 square des Écrivains-Combattants-Morts-pour-la-France. Le ménage passait pour être correct et sans histoires. Réservé, voire distant. Recevant rarement et sortant peu. Pas de domestique. Pas de nounou ni même de baby-sitter pour leur fille. Une certaine indifférence aux choses matérielles. Peu de valeur attachée aux apparences. Un train de vie des plus simples. Madame conduisait une Dauphine, Monsieur circulait en voiture officielle, civile ou militaire.

Il retrouvait régulièrement ses camarades de jeunesse et de promotion autour d'une bonne table. Presque tous passés par Normale sup' avant de devenir journalistes, professeurs de philosophie, historiens, diplomates, écrivains. Dans les années soixante, plusieurs avaient déjà un nom et une signature : Aimé Césaire, Jean-Toussaint Desanti, Maurice Clavel, Jean Sauvagnargues, Pierre Boutang, Yvan

Audouard... Des communistes y côtoyaient des anti-communistes, des monarchistes s'y mêlaient à des républicains, des catholiques y coudoyaient des agnostiques, et tout cela faisait d'excellents Français.

Lui, ils le disaient cœur à gauche, intelligence à droite.

À leurs yeux à tous, Pâques demeurait en toutes circonstances l'excellent camarade qu'il avait été à l'École, bon vivant déjà amateur de bonne chair, de vins de pays et de canulars. Il connaissait les paroles de centaines de chansons par cœur, et même des livrets d'opéra. Il ne fallait pas le pousser. Lorsqu'il se sentait d'humeur joyeuse, il fredonnait *Le train fatal*, une chanson datant de l'époque de sa naissance mais modernisée dans l'entre-deux-guerres, la version d'Adolphe Bérard plutôt que celle de Georgius. Ah, ce train fatal que ses camarades intitulaient par son refrain « Roule, roule, train du malheur »...

Dans la campagne verdoyante
Le train longeant sa voie de fer
Emporte une foule bruyante
Tout là-bas, vers la grande mer
Le mécanicien Jean, sur sa locomotive
Regarde l'air mauvais Blaise, le beau chauffeur
La colère dans ses yeux luit d'une flamme vive
De sa femme chérie, Blaise a volé le cœur !!...

L'air de rien, il s'efforçait d'incarner à sa manière la devise de la Comédie-Française : *Simul et singulis*. Être avec les autres et rester soi-même au risque de se métamorphoser en son propre agent double. D'autres y ont vu leur raison vaciller car la main droite sait ce que la main gauche fait. On est impliqué dans ce qu'on fait. C'est un tout.

Il n'en fut pas moins seul car nul, hormis un prêtre, n'aurait pu accueillir sa confession. Bien sûr qu'il doutait. Mais il n'était pas homme à faire un glaive de ses doutes.

Un archipel de solitudes peuple l'âme de tout espion. Encore que cette qualité accorde une certaine noblesse à celui qu'elle désigne; nous sommes tous plus ou moins sensibles à un certain romantisme de l'espionnage. « Taupe » animalise la fonction sans la bestialiser pour autant; le rapprochement avec le petit mammifère qui s'ébroue dans les galeries souterraines en est presque charmant; on en oublierait qu'il est dépourvu d'oreilles apparentes et qu'il n'y voit rien, ce qui n'est guère indiqué pour un agent de renseignements. « Agent double » sonne déjà moins fièrement qu'« espion » car une double loyauté implique nécessairement une trahison. « Traître » est insupportable; c'est une tache, une insulte, un fardeau. Les circonstances n'y font rien. On ne s'en remet pas. Impossible qu'un tel homme n'ait pas ruminé cela pendant près de vingt ans. « Haute trahison »? Ça anoblit. Sauf qu'il n'y en a pas de basse.

John Le Carré tient qu'il y a de l'agent double en chacun de nous, que tout homme passe une partie de son existence tel un iceberg sous l'eau, que nous vivons tous dans les conditions du secret au motif que les usages du monde nous interdisent de formuler nos pensées. Je l'entends encore juger curieux que, lorsqu'on écrit sur un espion, on cherche à l'extérioriser au lieu de l'enfermer. Contrairement à lui, je n'ai pas espionné mon père, lequel ne m'espionnait pas davantage. Lui a fui son père en se réfugiant dans l'espionnage, comme si cela lui permettait de conjurer le spectre de ses multiples trahisons qui ne cessaient de le hanter depuis son enfance.

Une trahison est une infidélité qui nous révèle à nous-même. Je ne saurai jamais ce que Pâques pensait en se regardant le matin dans la glace. Mais qui suis-je pour l'accabler si toutefois l'idée m'en venait? Mon nom annonçant déjà qu'il y a un fond marrane archaïque dans mon ascendance, il serait fondé à me reprocher ma duplicité et ma double nature, après tout. Le nom... Même sans Nathalie, tout m'y ramène. Le mieux serait d'être l'*Innominato*, comme le personnage des *Fiancés*, le roman de Manzoni, dont on ne prononce jamais le nom. Mais je n'irais pas jusqu'à me nommer « l'Innommé ». Ce serait trop.

26

Le roman d'espionnage selon mon goût n'existe pas. C'est un microcosme du monde : il englobe tous les mobiles. On peut espionner par amour, haine, cupidité, idéologie, ressentiment, patriotisme, déception, plaisir, parce que le quotidien est ennuyeux ou parce qu'on se sent supérieur. Mais, dans tous les cas, c'est de la vie qu'il s'agit. La vie et rien d'autre. Le monde du Renseignement n'est qu'un décor particulier pour la mise en scène de sentiments et de pulsions qui se trouvent déjà dans la Bible et dans Shakespeare.

Un grand roman d'espionnage est l'œuvre d'un grand romancier tout court. Foin des genres qui enferment, émondent et rabotent ! Mon admiration est égale pour John Le Carré et Graham Greene ; mais si le premier m'a amené à cet univers du secret, la complexité croissante de ses échafaudages m'en a finalement éloigné ; la découverte de l'œuvre du second m'y a ramené ; le Mystère qui obsède ses personnages n'y est probablement pas étranger. Greene demeure le patron. Une autre complexité, plus intérieure, mais sublimée par une construction transparente. Et il y a le facteur humain, la qualité de la rencontre, le souvenir des échanges. L'un d'eux ne me quitte pas. Le dernier.

Un jour, apprenant qu'il passait quelque temps à Paris, Robert Laffont, son éditeur historique, lui prépara une surprise : une projection très privée du *Troisième homme* dans une salle réservée à cet effet, sous les lambris du palace où il avait ses habitudes, face au jardin des Tuileries. Il n'invita que quelques amis communs dont j'étais. Greene m'aperçut, tapota la chaise à sa droite sur laquelle nul n'osait s'asseoir et m'invita d'un mouvement de menton à m'y poser.

« Vous l'avez vu combien de fois ce film? » lui demandai-je.

Il leva ses épais sourcils et les épaules en accompagnant son mouvement d'un « Wouarf! » dans lequel un as du décodage aurait eu du mal à distinguer la résignation de la lassitude. N'empêche que cette petite fête le combla, encore qu'il connût par cœur le chef-d'œuvre de Carol Reed dont il avait été le scénariste inspiré. Le noir se fit, les accents de la cithare d'Anton Karas résonnaient déjà, nous étions emportés dès les premières images. Pour la première fois, je regardais un film sans quitter du regard le spectateur assis à mes côtés. J'épiais ses rires et ses soupirs, ses regrets peut-être, la moindre de ses moues, ses mouvements d'épaules, le reflet dans ses yeux d'une Vienne souterraine aux tunnels expressionnistes, l'ombre noire et grise de la nostalgie qui embuait son regard. Lorsque ses lèvres remuaient, je guettais l'anticipation des dialogues qu'il avait écrits à la fin des années quarante et que l'on s'apprêtait à entendre à nouveau un demi-siècle après. Lorsque la scène de la grande roue s'annonça, et la fameuse réplique de Harry Lime sur le contraste entre la Suisse pacifique qui n'a jamais inventé que le coucou en cinq cents ans et l'Italie des Borgiao, qui quoique sanguinaire, donna au monde Michel-Ange, Léonard de Vinci et la Renaissance en moins de trente ans, il attrapa mon bras et me murmura à l'oreille :

« Ça aussi, c'est de moi, et pas d'Orson Welles contrairement à ce qu'il prétend partout. »

Il l'avait dit avec une telle malice qu'il n'y avait pas la moindre trace d'amertume vengeresse dans sa remarque. Juste un peu de fierté pour une vraie phrase culte, comme peu de dialoguistes en ont inventé, car même ceux qui n'ont pas vu le film la connaissent. La lumière se fit. Avant que la mondanité du cocktail ne l'emporte, il sortit quelques feuilles pliées dans sa poche et me les remit.

« C'est une conférence que j'ai faite dans les années soixante à Hambourg. Un éloge de la déloyauté. »

Et Greene de s'éloigner avec un bon sourire et un petit signe de la main. Je me rassis aussitôt dans un coin pour lire son texte. Il y faisait effectivement une vertu de la déloyauté face à un auditoire d'étudiants allemands. Mais une déloyauté à l'usage unique et exclusif du romancier car il jouit de l'insigne privilège de se faire l'avocat d'individus hors limites.

Georges Pâques à sa façon, par exemple.

Après avoir lu et relu cette douce leçon de choses, de celles qui remettent les idées à l'endroit avec l'air de ne pas y toucher, je n'avais plus le cœur à l'arracher à ses admirateurs pour lui dire qu'en vérité l'horloge à coucou est une invention allemande.

27

Alexandre Grossouvski est à Paris. Il m'a laissé un mot chez moi me prévenant de son passage éclair, quelques jours à peine, pour régler une vieille affaire. À supposer qu'un retraité de la police politique soviétique puisse encore avoir des « affaires » en suspens au début des années quatre-vingt-dix. Il veut me voir et m'a donné rendez-vous à la cathédrale Saint-Alexandre-Nevsky du VIIIe arrondissement. Une église, cela m'aurait étonné. Depuis que je suis Georges Pâques à la trace, je ne suis pas encore sûr de tenir mon enquête mais je sais que je pourrais écrire un Guide du routard des chapelles de Paris. Il y donnait la plupart de ses rendez-vous ; quand ce n'était pour y transmettre des documents, il y priait ou s'y recueillait presque chaque jour. Mais Grossouvski, qu'est-ce qu'il lui prend ? Un sursaut de nostalgie peut-être.

La rue Daru, derrière la salle Pleyel, est si russe que

je l'ai longtemps appelée la rue Darusse. Une église, un restaurant, un traiteur et le dimanche un embouteillage en cyrillique. Rien de très catholique. Le genre d'endroit où je crains de m'aventurer, ne sachant trop comment m'y tenir ; encore que, chez les orthodoxes, on reste tout le temps debout ; demeure la crainte de croiser un archiprêtre qui m'interrogerait du menton ou un protodiacre qui me demanderait des comptes. On fantasme facilement sur ce que l'on ne connaît pas, on se fait des idées, on se monte la tête. J'ai compris cela le jour où, juste après m'avoir déposé un vendredi soir à la seule synagogue de Vilnius qui en comptait une cinquantaine à la veille de la guerre, le chauffeur de l'ambassade de France me confia son vif désir d'y pénétrer une fois au moins mais qu'il n'osait pas de peur qu'on lui demande de prouver sur-le-champ sa qualité de Juif, ce dont il aurait été incapable et pour cause ! Je l'y ai emmené de force, et il est parti rassuré et satisfait au bout d'un quart d'heure.

La silhouette de Grossouvski (ou Grousski ?) est aisément reconnaissable. Haute et massive, elle prend la lumière. Chez lui en Russie, il ne m'était pas apparu aussi imposant. Il en émane une présence animale d'un Robert Mitchum, de celles qui occupent l'espace ; il n'a pas un mot à dire, tout est déjà dit par ce que dégagent le corps, le regard, les mains. On croise ainsi dans la vie des gens dont on se persuade dans l'instant qu'ils auraient fait d'extraordinaires acteurs du muet. Mon Salieri, auquel j'ai donné le nom de code de Salierovitch dans mes notes, est blotti dans un coin, recueilli exactement là où il m'a donné rendez-vous, sous l'iconostase de Sorokine.

« Les fresques de la crypte ont été restaurées à la fin des années cinquante. Je voulais voir ce que cela avait donné. Pas mal, non ?

— Et vous êtes venu de Moscou pour ça ? »

Il balaya le Christ en gloire et le Sermon sur la montagne d'un regard panoramique, promenant un œil de collectionneur avisé sur le point d'acheter le lot :

« Ça et des petites choses à régler. Nous sommes bien le 2 août ?

— En effet...

— Célébrons Basile le Bienheureux, ce cher *iourodivy*, un fol-en-Christ selon mon goût. On manque de contestataires de cette trempe qui osent interpeller les puissants pour leur rappeler qu'eux aussi auront des comptes à rendre.

— Alors vous aussi, comme Pâques, les églises ?

— Ah, vous ne saviez pas... »

Goussouvski me prend alors par le bras et me raconte un pan de sa vie que je ne soupçonne même pas, mais il le fait sur le ton du secret alors qu'il ne risque plus rien : son intérêt pour l'église des catacombes, sa foi orthodoxe inébranlable, la nécessité de le dissimuler même et surtout pour un officier du KGB. Soudain, je comprends mieux alors la galerie souterraine et étanche qui le reliait à Pâques. Au fond, malgré tout ce qui les séparait, le Français et le Russe partageaient les mêmes fantômes. Ce livre, il faudrait savoir l'écrire avec une lampe de mineur à la pointe de la plume. Sans que je sache au juste à quoi et à qui il fait allusion, il lâche dans un murmure :

« Il n'y a rien de pire que de souffrir dans le noir car il n'y a rien où poser les yeux. »

Peut-être a-t-il lui aussi, comme tant d'autres, vécu la disgrâce avant la réhabilitation. Le Christ était leur *go-between*. Ou plutôt le pont. Le catholique français et le Russe orthodoxe parlaient la même langue, qui n'était ni le français ni le russe. Une langue sacrée qui a partie liée avec l'invisible. Seul un ciment de cette force pouvait lier si longtemps ces deux hommes ; les autres ne pouvaient qu'échouer, ou réussir ponctuellement à court terme ; Grousvski, lui, s'était installé dans la durée, pas seulement parce qu'il avait été le premier, celui qui l'avait recruté à Alger pendant la guerre, mais parce que l'un et l'autre se situaient par rapport à l'éternité. L'un et l'autre devaient secrètement tenir le communisme pour un avatar du christianisme, et s'effrayer à la perspective d'un avenir assez peu radieux où l'Amérique n'aurait plus de contrepoids. Ils devaient considérer que sans le christianisme nous vivrions dans un monde de ténèbres.

Son récit est si grave, il me donne une mine si sérieuse, qu'il se sent obligé de me dérider :

« Un jour que le président Nixon recevait des ambassadeurs venus lui présenter leurs lettres de créances, il a pris l'excellence polonaise par le bras et l'a entraîné à part : “Expliquez-moi, est-ce vrai ce qu'on me dit : vous êtes catholique ? — Oui, monsieur le Président : croyant mais pas pratiquant. — Et vous êtes *aussi* communiste ? — Oui, monsieur le Président : pratiquant mais pas croyant.” Pas mal, non ?

— Mais Basile le Bienheureux, vous n'aviez pas besoin de venir jusqu'ici pour le rencontrer...

— Vous voulez encore me questionner sur M. Pâques ?

— Tout de même, la France n'a pas connu de plus grand traître depuis la Libération.

— Traître... Il n'y a pas de trahison en soi, tout dépend du point de vue. Votre Talleyrand ne disait-il pas qu'en politique la trahison est une question de date ? Rappelez-vous qu'il n'y a pas de différence entre un rat et un hamster : ce n'est qu'une question de relations publiques... »

Il se tourne alors vers moi, pose ses grosses mains sur mes épaules, penche son épaisse carcasse vers la mienne si frêle en regard et me fixe sans un mot, avant d'en lâcher quatre enfin :

« Et maintenant, laissez-moi. »

Il me quitte, m'abandonne, me laisse en plan comme si j'étais chez moi alors que rien ne m'est plus étranger que cet endroit hors du temps. Il m'apparaît pour la première fois comme un bloc de mélancolie. Affairé à chercher son mouchoir dans ses poches, paniqué à l'idée de ne pas le retrouver, il a la mine désolée de celui qui se demande où il a fourré ses larmes. De dos il semble bien las, ce vieux maître espion fatigué, maintenant que sa vie se tait davantage. Tout dans sa résignation indique qu'il ne va pas tarder à rejoindre le parlement des oiseaux.

Je comprends alors seulement qu'il m'a donné rendez-vous dans une église comme il le faisait autrefois avec sa taupe. Peut-être même doivent-ils à nouveau se retrouver ici dans un instant pour la dernière fois.

28

Pendant l'année qui suit ma deuxième rencontre avec Gossorvsky, pas un jour ne s'écoule sans penser à Georges Pâques. J'en suis venu à difficilement me passer de lui. Il ne m'a pas interdit de le revoir, mais il ne m'y a pas encouragé. Toujours le flou comme une seconde nature et une autre peau. J'avais bien senti qu'il ne souhaitait pas épiloguer davantage. Il s'était fait violence en me concédant tout un après-midi et un entretien qui dépassait de loin les strictes limites de l'interview. Si cela ne tenait qu'à moi, je le bombarderais de questions un jour sur deux par tous les moyens modernes de communication, et même le pigeon voyageur si celui-ci avait sa préférence.

Un soir d'été, je quitte un ami devant un restaurant de la porte d'Auteuil. Le fond de l'air annonce une nuit enfin douce après les journées de canicule qui viennent d'accabler Paris. Mon père disait qu'il ne faut jamais rater une occasion de rentrer à pied si l'on veut conserver un bon souvenir de son repas ; le temps s'y prête autant que la géographie puisque j'habite à l'extrémité de cette interminable suite de boulevards qui doit former un gros tuyau parfaitement rectiligne vue du ciel. Parvenu en quelques instants à l'angle du square des Écrivains-Combattants-Morts-pour-la-France, je ne peux m'empêcher de me poster face à l'entrée du 5, juste à l'extérieur du cercle formé par l'auréole du réverbère.

« Il » est là. Je devine sa silhouette derrière les rideaux de voile des baies vitrées. Pas du genre à passer la soirée devant la glace pour se tenir compagnie. Je le vois qui marche tranquillement dans son salon ; après avoir longtemps voyagé en France, je demeure convaincu que cette impudeur, qui consiste à s'offrir en spectacle aux passants lorsqu'on est dans son cadre intime, est un travers typiquement parisien car je ne l'ai pas retrouvé en province, pas même dans les grandes villes. Nul halo bleuâtre ne s'en dégage, comme c'est le cas aux autres étages de cet immeuble bref dont tous les habitants doivent être à cette heure-ci de religion cathodique comme la plupart des Français. Lui déroge et cela me ravit stupidement comme si j'avais lieu d'être fier de mon héros. Drôle de situation où je me retrouve à épier les faits et gestes d'un homme qui ne m'a rien fait. On dira qu'il ne se dissimule guère. Son nom est même inscrit en entier sur la boîte aux lettres. Le nom du traître.

N'empêche que je le surveille.

Je ne parviens pas à me faire à l'idée que le couple Pâques ait pu se rendre propriétaire d'un cinq-pièces d'un tel standing dans un quartier si résidentiel, cerné par les ambassades et les chancelleries. Même en y incluant la vente des deux petits appartements reçus en héritage des tantes d'Italie, la cession des parts de Mme Pâques dans l'imprimerie de son père, la vente de devises, de lingots et d'actions, et la mobilisation des économies d'un couple qui ne menait pas grand train, cela paraît difficile dans le Paris des années cinquante pour un haut fonctionnaire issu de la petite bourgeoisie. D'autant que, rue de Grenelle, ils n'étaient que locataires. J'entends bien qu'ils voulaient constituer ainsi une dot solide pour leur fille dès sa naissance ; c'est ce qu'ils avaient expliqué au vendeur de l'agence John Arthur & Tiffen. Il leur a tout de même fallu honorer, fût-ce en trois versements, une facture de quelque 30 millions de francs, puis une autre de près de 2 millions pour le meubler, avant de se rendre propriétaires de ce spacieux logement acheté sur plan.

Il me l'avait fait visiter sans que je lui demande, alors qu'à lui seul il pourrait être un doigt accusateur pointé sur sa vénalité. Et pourtant, je sais qu'il n'en fut rien. Je commence à bien connaître le dossier à force de le manipuler et de recouper les informations qu'il contient par de nouvelles sources : les sommes qu'il a touchées du KGB durant ses dix-neuf années à son service sont dérisoires. Ce n'est pas tant lui que j'observe que cet appartement qui ne me passe pas car il serait la preuve incarnée de son mensonge.

Il suffirait qu'il sorte fumer un instant sur le balcon et qu'il me découvre, si près et si manifeste, pour qu'il se ferme à jamais; ma présence à cette heure sous ses fenêtres lui paraîtrait de toute évidence aussi intrusive qu'incongrue. Il me tiendrait pour un harceleur. Il pourrait alors m'interpeller et je n'aurais rien à répondre. Rien. Juste à bafouiller piteusement, avant de baisser les yeux tandis que la gardienne, alertée par le bruit, sortirait, me reconnaîtrait peut-être et me réclamerait des comptes. Je pourrais toujours lui raconter que l'infini m'a brusquement réquisitionné; et, levant les yeux au ciel, je lui rappellerais que l'homme est un ver de terre amoureux d'une étoile, mais ce serait probablement sans effet.

Alors quelque chose serait rompu entre nous. Un pacte d'autant plus ténu qu'il est informulé, et l'on sait la puissance secrète des non-dits.

Les lumières du salon sont éteintes à l'exception

d'une petite lampe verte tout près du fauteuil où il s'était assis lorsqu'il m'avait reçu. Impossible de distinguer quoi que ce soit à cette distance sur la couverture du livre qu'il tient entre les mains. De toute façon, il le repose et laisse son regard songeur s'échapper vers le dehors. Vers ma propre silhouette, longtemps, m'en faisant ressentir le poids, comme s'il avait senti quelque chose d'étrange et d'inhabituel.

Pourtant je ne suis qu'une ombre.

Ce sentiment m'envahit chaque fois que je fais un pas de côté. Ce qui arrive lorsqu'on se met trop en retrait de soi-même. Mauvais signe. Surtout ne pas perdre le fil. Ne pas laisser mes pensées s'éloigner trop de la réalité. Ne pas sombrer dans la durée flottante qui guette et menace de m'envelopper. Plutôt qu'un état, c'est un mal insidieux. Peu importe sa localisation exacte et son nom s'il en a un. Il y a comme cela des moments où l'homme a mal à des endroits dont il ignorait jusqu'à l'existence.

En quête de cet homme, je ne me suis jamais pris pour son double inversé, tel Marlow recherchant Kurtz au cœur des ténèbres. N'empêche que, seul cette nuit sur le trottoir de ce square faiblement éclairé, alors que Paris entre dans sa nuit, j'espionne l'espion. Pas de quoi être fier.

Voilà où j'en suis.

29

1er janvier 2011. Presque vingt années ont passé depuis le rendez-vous de l'église russe. Nombre de mes contemporains ont changé de siècle, m'abandonnant dans le précédent. Mon livre sur Pâques n'a guère avancé, mes hypothèses successives n'ont pas résisté à l'épreuve du temps et ce que je redoutais est arrivé. Me voilà gagné par cette sensation insidieuse, rampante, médiocre que j'ai si souvent moquée chez les spécialistes des affaires d'espionnage : un halo de parano qui menace de se métamorphoser en paranoïa pesante et insistante. Tout à l'heure, en rentrant chez moi, je me suis surpris à me retourner plusieurs fois en chemin, à m'arrêter au prétexte de chercher quelque chose dans la poche de mon imperméable, et à identifier en tout passant un suiveur. Comme si l'homme qui marche était nécessairement l'homme qui file ; s'il est seul et qu'il baisse les yeux lorsque je le fixe, il aggrave son cas — et moi le mien en m'enfonçant plus avant dans un doux délire d'interprétation.

Il faut que je me ressaisisse mais les circonstances n'y aident pas. Ce soir-là, la petite lumière du téléphone posé sur mon bureau à la maison indique un appel en absence et plusieurs messages. En fait, il n'y en a qu'un mais démultiplié par une seule et même personne. Je la reconnais aussitôt à son souffle et son intonation ; elle dit « C'est Nathalie... » comme s'il n'y en avait jamais eu qu'une, en quoi elle n'a pas tort : même s'il y en a eu d'autres, il n'y en a désormais plus qu'une qui a fané les autres. « C'est un peu tard, je sais. J'espère ne pas vous déranger mais il fallait que je vous parle. J'ai repensé à nos conversations. Je crains que vous ne soyez, comment dire, manipulé. Ne le prenez pas en mauvaise part mais c'est mon intime conviction. Vous ne connaissez pas ces gens. L'Union soviétique est morte mais pas pour tout le monde. On ne se débarrasse pas comme cela des mentalités de l'*homo sovieticus* dans sa version bureaucratique et répressive et... *(le message s'interrompt, un grésillement se fait entendre)* c'est encore moi. Je ne suis pas sûre que vous cherchiez dans la bonne direction. "Manipulation" n'est peut-être pas le bon mot. Prenez garde à ne pas vous faire instrumentaliser. Vous pouvez compter sur moi, vous savez. Il faut aussi que je vous dise... »

Le message s'interrompt à nouveau brutalement. Problème de bande. Le temps de chercher son numéro dans mon calepin et déjà le téléphone sonne. Elle encore, mais cette fois sans l'intercession du répondeur enregistreur.

« Ah, vous êtes rentré !

— Vous m'épiez ? »

Au silence qui s'ensuit, je devine son embarras. Un silence d'autant plus gênant qu'il laisse filtrer un morceau de musique dans le fond. L'écho d'une voix chaude, étrangère et familière à la fois, timbrée par les accords d'une guitare. Ai-je été trop loin ? On repère le poison de la méfiance à ce genre de signe.

« Vous êtes seul ? » reprend-elle.

Le genre de question qui me déstabilise autant que celle du bonheur ; car il y a toujours quelqu'un quelque part à tout moment pour vous demander si vous êtes heureux et on se retient de lui mettre une claque au lieu d'un mutique et crispé sourire de circonstance. Alors seul je le suis comme on peut l'être lorsqu'on se trouve en instance de divorce après une dizaine d'années de mariage, que l'habitude a fini par engendrer la lassitude et l'ennui, et qu'un détail a suffi à provoquer la rupture le jour où ma femme n'a plus remarqué que je m'étais fait couper les cheveux très court et raser de frais à l'heure du déjeuner comme de coutume une fois tous les trois mois environ, mais allez expliquer cela à une inconnue qui vous hante et vous poursuit, autant renoncer tout de suite, elle crierait au fou. Peut-être pas la petite Grossouvski. Alors seul, certainement. Je n'ai même jamais été aussi seul et je ne m'en suis jamais autant félicité.

« J'ai écouté vos messages. Merci, mais vous savez, je ne suis pas un perdreau de l'année.

— Un quoi ?

— J'ai l'habitude depuis le temps que je fais des

enquêtes. Qu'est-ce que vous écoutez, une chanteuse russe ?

— Amália Rodrigues. Je ne comprends rien à ce qu'elle dit mais ça me bouleverse. Ses chansons sont tristes, et puis elles aident à être un peu mieux malheureux. Je les écoute surtout la nuit.

— Vous vouliez me dire quelque chose ? »

À nouveau un blanc. Heureusement la musique prend toute la place. Je l'entends avaler une gorgée de quelque chose.

« Au fond, c'est mieux qu'on se parle comme ça au téléphone, sans se voir. Dites-moi juste...

— Attendez, Nathalie ! Laissez-moi deviner... les noms, c'est cela ? Je viens d'apprendre que les enfants de Goering se sont fait stériliser pour qu'il n'y ait plus de Goering... Et les prénoms, non ? tenté-je avec une ironie mêlée d'une pointe de sarcasme. Vous, c'est à cause de la chanson de Bécaud à coup sûr, toute une génération de mères qui ont trop écouté sa place Rouge...

— Le nom de Bernstein. »

Tombé comme un couperet. Une pause, durant laquelle je l'entends aspirer sur sa cigarette tandis que des éclats de *saudade* se mélodisent en arrière-fond, avant qu'elle ne reprenne d'un ton déterminé :

« Le docteur Imek Bernstein. Il est inévitable dans votre histoire. C'est lui qui a recruté votre Pâques à

Alger pendant la guerre. Il a disparu depuis. Enfin, c'est ce qu'on dit.

— Oui, Bernstein, en effet. Il y sera. Et alors ?

— Merci. C'est tout ce que je voulais savoir. Bonne nuit.

— C'est t... ? »

Elle a déjà raccroché. Deux heures durant, je me ronge autour de ce nom de Bernstein. J'avais fini par l'oublier. De l'histoire ancienne. Reléguez-la dans les plis de la mémoire et elle se réinvite à la première occasion. Je n'y tiens plus et compose son numéro sur le cadran :

« Vous êtes seule ?

— Évidemment, qu'est-ce que vous croyez ?

— Pourquoi Bernstein ? »

Elle a cessé d'écouter de la musique. Probablement couchée à cette heure avancée de la nuit mais n'en laisse rien paraître. Le crissement d'une allumette sur le grattoir, une brusque inspiration suivie d'une lente expiration, avant l'aveu tant différé :

« C'est mon grand-père, côté maternel bien sûr. Je ne l'ai jamais rencontré. Dans la famille, on n'en parle jamais. Personne ne répond à mes questions. Même ma grand-mère les évite. C'est comme si j'étais née de grand-père inconnu. Depuis que je suis étudiante, j'ai appris à chercher. Chaque fois que je rentre à Moscou pour les vacances, je vais aux archives pour chercher et chercher encore. Je sais qu'il a été dénoncé. Comme tant d'autres des Brigades internationales, il a été récompensé par un séjour au Goulag. J'ignore où et combien de temps. J'ai perdu sa trace. Si vous écrivez son nom, cela peut relancer l'affaire. Je veux croire qu'il est vivant. »

Non sans maladresse, je finis par trouver les mots pour lui dire ma sympathie et mon empathie. Y a-t-il de plus innommable douleur que de ne pas savoir ? Attendre dans le doute absolu le retour de l'être aimé et disparu est une torture. Et tout autant lorsqu'on ne connaît de lui que son nom et son prénom.

« Et vos parents, qu'en disent-ils ?

— Ils sont morts.

— Je suis désolé. Surtout que les deux, ça fait beaucoup. »

Il est temps que je me taise car je m'embrouille et m'enfonce piteusement. On ne soupçonne jamais ceux qui trouvent les mots à l'écrit de ne pas savoir les trouver à l'oral. On a tort.

« Vous devez me juger atrocement naïf, non ?

— Pire que ça : vous êtes une belle personne. »

Cette fois, c'est moi qui raccroche. Comme si une telle expression provoquait une réaction de défense et de rejet. Mais qui sont-ils en vérité, elle et eux, que veulent-ils de moi et qu'est-ce que je fais dans cette histoire, moi qui voulais juste sonder une âme dans sa profondeur ?

30

Back to USSR! Pourquoi? Je ne veux même pas le savoir. Quand on se sent poussé, il ne faut surtout pas essayer de comprendre. S'en remettre à l'intuition et *basta*! Sinon le doute s'empare de l'homme qui écrit, l'irrésolution le gagne et le jour vient où il ne peut même plus être l'homme qui marche. Le fait est que ce matin de juillet, en pénétrant dans le village de Peredelkino, désormais grignoté peu à peu par les nouveaux riches du régime, je vais le nez au vent, les mains dans les poches. Rien préparé. Je finirai par mieux connaître la Russie que Pâques, l'Union soviétique. Ce qui n'est pas très difficile vu qu'il l'a connue après sa propre libération et la guerre froide. À croire que ce pays non plus n'était pas son genre. Jusqu'à son arrestation, il n'avait jamais eu la curiosité d'y aller voir. Même à la fin des années cinquante, quand Viviana s'y rendit pour représenter le musée de l'Homme à un congrès d'orientalistes, il ne proposa pas de l'y accompagner...

Mes pas me mènent naturellement vers la maison des Gossouvski. Une femme menue me précède sur le chemin. Une silhouette âgée, légèrement voûtée par le poids des sacs à commissions qu'elle porte à bout de bras. C'est elle, Elena.

« Vous permettez? dis-je en la rattrapant, ma main

gauche saisissant déjà les poignées incertaines de son sac de bouteilles.

— Ah c'est vous ! Comme vous m'avez fait peur, cher Monsieur... »

Elle s'arrête un instant pour souffler, sa main sur le cœur pour mieux exprimer le choc de la rencontre, aussitôt dissipé par son sourire :

« Cela me fait plaisir de vous revoir. Je peux m'appuyer à votre bras ? Oui, grand plaisir même si ce n'est pas pour moi que vous venez.

— Détrompez-vous.

— Vous les Français, vous ne changerez pas. Vous nous obligez à faire la coquette malgré l'âge.

— Mais si, c'est bien pour vous que je suis venu.

— De toute façon, mon mari est en voyage... »

À cette métaphore, je crois comprendre qu'il n'est plus de ce monde. Et je n'ai pas l'indélicatesse de le lui faire préciser.

Une fois installés dans son salon chargé de souvenirs, elle s'affaire à préparer le thé. Elle ne me demande même pas pourquoi je suis venu de Paris jusqu'ici. Pour lui parler et, plus encore, pour l'écouter. Pas de questions précises. Juste le plaisir de la conversation en sachant que mon intelligence de l'énigme Pâques y gagnera en humanité. Pas d'Histoire, pas de politique, pas de KGB. Rien de tel. La vie et rien d'autre. Le genre de luxe que l'on ne peut s'autoriser qu'avec une vieille dame au regard magnétique, à la présence puissante, au beau sourire parcheminé. Je l'avais deviné dès notre première rencontre.

« Mais vous savez déjà tout sur lui ! Un vrai pâquologue d'après ma petite-fille. Moi, je ne l'ai pas connu ce monsieur. Il paraît qu'il a traduit lui aussi. Un peu. Pas son métier mais tout de même.

— C'est votre sagesse qui m'intéresse, Elena.

— Vous vous avancez beaucoup.

— J'ai la clé de cette affaire. L'orgueil. La clé du code pour décrypter mon personnage.

— Bien sûr.

— Vous le saviez ?

— Si ce n'est l'argent, si ce n'est le communisme, si ce n'est le chantage sexuel, que reste-t-il ? L'orgueil qui mène le monde. Souvenez-vous, dans *Les fleurs du mal*, Baudelaire raconte l'histoire de ce grand esprit luisant d'intelligence, transporté d'un orgueil satanique pour être monté trop haut, et qui s'écria "Jésus, petit Jésus ! je t'ai poussé bien haut ! / Mais si j'avais voulu t'attaquer au défaut / De l'armure, ta honte égalerait ta gloire, / Et tu ne serais plus qu'un fœtus dérisoire !". Et que croyez-vous qu'il arriva ? L'homme perdit la raison, le silence et la nuit prirent possession de lui tel un caveau dont on aurait perdu la clé. Et chez votre monsieur, comment cela se manifestait ?

— Pâques n'était pas sujet à des bouffées d'orgueil qui l'auraient fait par moments se sentir supérieur à tant de ses contemporains. L'orgueil était consubstantiel à sa nature profonde. Il ne se manifestait pas par instants mais en constituait le terreau caché. Et le plus fort, c'est que ses amis n'en savaient rien. "Nous vivons auprès de gens que nous croyons connaître...

— ... il nous manque l'événement qui nous les fera apparaître autres que nous les savons!" »

Nous avons repris la citation en chœur avec un sourire complice. C'est si spontané qu'elle me prend la main. Pour un peu, Harold et Maude. Je me sens si bien auprès d'elle. D'autorité mais en douceur, comme on devrait toujours user de son autorité, elle me ressert du thé dans une tasse à fleurs « Country Rose » du service Royal Albert qu'un éditeur de passage a dû lui ramener d'Angleterre. Plus je l'observe, plus Elena m'apparaît comme une présence lumineuse dotée d'une force de caractère peu commune, d'une intelligence des plus vives, d'un esprit d'analyse implacable et d'une beauté inaltérée mais entièrement réfugiée dans le regard.

« Il faudrait n'avoir jamais d'orgueil de son héroïsme, assure-t-elle.

— Vous en connaissez? »

Elle réfléchit un instant, lance un regard panoramique vers sa bibliothèque, et revient vers moi avec la détermination de celle qui a épuisé le sujet :

« Félicité, la petite domestique d'*Un cœur simple*, le

grand petit livre de Flaubert. Je l'ai traduit, vous savez. Ça dit la même chose en russe et en français. Les plus belles phrases sont celles dont on comprend chacun des mots isolément mais, une fois agencés, cela dégage une telle poésie que le sens de l'ensemble nous échappe. Ah, la petite Félicité, en français comme en russe, les mêmes émotions, les mêmes sentiments ! C'est à ces détails qu'on reconnaît un chef-d'œuvre. Il vous explique ce qui vous arrive mieux que vous ne sauriez le faire. Sans la littérature, il y a beaucoup de choses de ma vie que je n'aurais jamais comprises. Je serais passée à côté et puis voilà, dit-elle, songeuse, le regard un instant perdu dans le vague.

— Pâques, lui, avait vraiment l'orgueil de son héroïsme. Il en était tout plein. À sa manière, il croyait sauver le monde. Vous savez, sur lui aussi, on pourrait dire que si on a les idées claires, c'est qu'on est mal informé.

— Écoutez respirer sa mémoire et vous saurez ce qui vous fait encore défaut. Il faut chercher ce qu'il y a en lui de, comment dire, il n'existe pas de mot français pour dire *krotkaïa*. Il n'y a pas vraiment d'équivalent dans votre langue pour exprimer ce mélange d'humilité et de soumission chez celui qui se résigne enfin au lieu de se révolter. »

Sur ce, elle se lève, cherche dans sa bibliothèque, soulève quelques livres, ouvre le tiroir d'une commode pleine de nappes en dentelle dont elle dit la beauté inaccessible à la sensibilité des hommes et pas seulement parce que sa mère les lui a offertes, gravit difficilement les marches de l'escalier qui mène à sa chambre, et en revient avec un volume qu'elle brandit dans un discret « youpi » de victoire, avec une mine de petite fille espiègle. Un exemplaire des *Pensées* de Pascal qui a manifestement beaucoup servi :

« L'édition Brunschvicg?

— Naturellement, qu'est-ce que vous croyez? Voilà..., fait-elle en feuilletant à la hâte, c'est par là. Je l'ai déporté en russe il y a longtemps mais je m'en souviens bien. Il y a des choses fortes sur l'orgueil. Français, normalien, catholique, votre homme l'a lu, c'est sûr. Suivez-moi. »

Avec l'autorité naturelle de ces vieilles dames qui dégagent une vraie force par leur seul magnétisme, Elena m'entraîne dans une autre pièce de sa maison en bois. Plus petite, peu meublée si ce n'est par une bibliothèque. Le parfum d'encaustique y est plus ténu qu'ailleurs. Deux tables face à face collées à la fenêtre. Deux écritoires sur chacune d'elles, écho à peine modernisé de ceux que les moines copistes devaient utiliser autrefois. Un modeste bouquet de fleurs démarque les territoires. Elle s'assoit sur une chaise en bois qui la tient rigoureusement droite, tandis que je me laisse envelopper par un profond fauteuil qui a dû connaître deux guerres au moins.

Nous sommes dans ce qu'elle appelle son « atelier de négociation » puisque tout dans la vie procède de la négociation — et pas seulement le mariage.

« C'est là que je travaille. Et quand j'ai fini, l'essentiel reste à faire : la correction. Alors je fais venir Andreï ; il s'assoit là où vous êtes, il critique ma traduction, je me défends, il critique, je me justifie...

— Andreï ?

— Mon ami le plus ancien, un compagnon de vie, un ami de cœur, disons... Il n'habite pas très loin. Il connaît le français mieux qu'un Français, et c'est un musicien. Il n'a pas son pareil pour repérer mes fausses notes dans mes textes. Il est... merveilleux. »

Alors que son regard se détourne vers la fenêtre et se perd au loin, un doux silence s'installe que je n'ose bousculer. Toute parole serait en trop. On a souvent du mal à imaginer qu'une grand-mère, voire une arrière-grand-mère, ce qu'elle est probablement, ait eu une vie sentimentale agitée, ou même une intense vie charnelle, mais ce n'est pas cette idée qui me saisit à l'instant. Plutôt la vision de son actuelle double vie, qui semble nouée autour d'un amour d'une grande complicité. Elle est ailleurs, certainement avec lui ; mais elle a assez d'empathie pour ne pas m'exclure trop longtemps. Quelques longues minutes tout de même.

« Vous avez l'exemplaire des *Pensées*? Moi j'ai ma version, cela suffira. »

Deux bonnes heures durant, nous nous livrons à une partie de ping-pong métaphysique.

L'orgueilleux selon Pascal apparaît comme celui qui se voile la face sur ses propres misères et révèle celles de la société pour mieux prétendre s'élever au-dessus d'elles. Tout à fait mon Pâques à ceci près que, pour en recevoir enfin l'admiration de tous, il devait un jour ou l'autre sortir de la clandestinité. En ce sens, son arrestation lui fut un véritable soulagement car, à ses yeux, elle le consacrait dans son rôle éminent. Il ne pouvait se sacrifier en secret qu'à la condition que cela se sût un jour.

« C'est tout à fait cela! regardez "Nous perdons la vie avec joie, pourvu qu'on en parle..." Et celle-là, il a bien dû la méditer dans sa cellule : "Nous ne sommes que mensonge, duplicité, contrariété et nous cachons et nous déguisons à nous-même."

— Celle-là, Elena, elle a été écrite pour lui : La connaissance de Dieu sans celle de sa misère fait l'orgueil. La connaissance de sa misère sans celle de Dieu fait le désespoir. La connaissance de Jésus-Christ fait le milieu parce que nous y trouvons Dieu et notre misère." »

Georges Pâques était le genre d'homme qui veut avoir raison sans s'abaisser à avoir des raisons. Il savait même tirer fierté de ses faiblesses. Lorsqu'il est respect de soi, ou qu'il conduit à la révolte, l'orgueil est une impulsion bonne en elle-même. Mais là ? Une chose est sûre : il était devenu assez chrétien pour ne pas avoir l'orgueil de renoncer à l'orgueil. Qui s'avance vers le Christ doit le faire sans orgueil, péché capital à la source d'autres péchés, sous peine de passer à côté. Voilà ce qu'il a dû remuer dans sa cellule. Surtout la première année de sa détention, dans l'attente de son procès, à la Santé. Il n'avait que les Écritures à sa disposition. S'il ne l'était déjà, cela a dû le convaincre que tout y est pour intimider et consoler l'homme. Mais a-t-il trouvé cette part de l'orgueil qui ne relève pas nécessairement du vice ?

« Il n'y a pas à en sortir : le péché d'orgueil commence avec le péché originel. C'est "la" faute. »

Elle sait comment m'intriguer, Elena, car elle a le don de faire naître l'inquiétude chez l'autre. Cette trahison n'était qu'un péché d'orgueil. Ce fut souvent dit, par lui et par les autres. À ceci près qu'il put avoir des conséquences considérables. L'un des sept péchés capitaux dans la fidèle acception du terme. « Capital » non en raison de son caractère fondamental, grave ou essentiel, mais parce qu'il part de la tête (*caput*) pour diriger le corps ; il conduit ainsi à d'autres vices, comme les nomme Thomas d'Aquin. La réflexion d'Elena remue tout cela en moi. Au IVe siècle, Évagre le Pontique, moine et théologien, classait déjà l'orgueil parmi les passions dans la catégorie dite « des irascibles » au titre des frustrations et privations. Pâques avait le sentiment d'être né pour quelque chose que lui seul pouvait concevoir. Une chose si importante qu'elle était supérieure à toutes choses. Rien de moins que l'évitement d'une nouvelle apocalypse. Il s'aveuglait sur ses dons et s'attribuait des mérites. Comment peut-on s'enorgueillir de quoi que ce soit quand on se proclame créé par Dieu ? Elena m'a tant troublé que je ne suis même plus sûr que cet homme ait jamais voulu terrasser le Léviathan en lui.

Sans se lever, elle tend le bras vers un tourniquet à sa gauche, saisit un gros ouvrage qui a tout d'un dictionnaire et le feuillette avec une gourmandise qui a partie liée avec la jouissance.

« L'étymologie, il faut toujours commencer par là, sinon on se condamne à tourner en rond. Orgueil... du latin *superbia*, avoir une opinion exagérément avantageuse de soi. Plus intéressant par rapport à votre homme, ce qu'en dit saint Augustin, à savoir que la *libido dominandi* (c'est comme cela qu'il l'appelle) est le défaut de ceux qui rapportent tout à eux au lieu de tout rapporter à Dieu. »

Jamais la moindre cuistrerie dans son commentaire attentif et précis, qui ne se refuse aucun prolongement, aucune porte. Quelque chose comme une fête de l'esprit. Rien n'est fascinant comme d'assister au mécanisme d'une intelligence à ciel ouvert, surtout lorsqu'elle est aussi aiguë, rigoureuse, pointue, sans que la mise à distance ou l'humour n'en souffre. Surtout lorsque la femme qui en est le fragile théâtre ramène régulièrement ses longues mèches blanches derrière ses oreilles d'un geste de la main aussi tendre qu'aérien.

Du terrain de l'orgueil, nous glissons insensiblement dans l'univers de la trahison. Inévitable s'agissant d'un tel homme. Les rôles s'inversent alors ; c'est elle qui me harcèle de questions, comme si ma fréquentation du dossier Pâques me conférait une quelconque expertise sur le sujet alors que plus j'avance, plus je doute. Mais il n'y a pas que cela. Il y a l'affaire Philby. Nous l'avions évoquée lors de notre promenade dans Peredelkino, son mari et moi. Je lui avais raconté mes rencontres avec Graham Greene et John Le Carré et comment le sujet était irrésistiblement venu sur le tapis, à Antibes comme à Hampstead. Elena éprouve une curiosité d'entomologiste pour le cas Philby, lequel coula des jours heureux à Moscou jusqu'à sa mort, en bon notable de la nomenklatura soviétique.

« Ils l'ont connu, non ?

— Connu et fréquenté.

— Ils le tenaient pour un traître ou pas ? Car avec les Anglais, c'est plus compliqué qu'avec les autres. Ils sont tous plus ou moins espions de Sa Majesté, vous savez bien, *my country right or wrong* et toutes ces choses qui nous échappent, à nous, Russes. Là-bas, le Renseignement fait partie des traditions de la classe moyenne ; c'est ancré dans les mœurs.

— Le Carré tient Philby pour un criminel et un lâche. Il lui répugne, c'est le mot qu'il a employé. Il ne lui pardonne pas d'avoir révélé aux Russes les noms d'agents britanniques qui ont fini atrocement. Greene, lui, se refuse à le condamner ; il louvoie, digresse : "... mais il a été efficace en travaillant avec l'URSS quand elle était un allié... mais on a exagéré le nombre de pertes humaines que sa défection a causé... et puis il croyait à sa cause et n'a jamais été vénal... Alors traître... si vous voulez dans l'acception officielle du mot... Mais lequel d'entre nous n'a pas un jour trahi quelque chose ou quelqu'un de plus important qu'un pays ?"... À ses yeux, ce n'était pas vraiment un traître mais un homme fidèle à ses engagements. En fait, il lui conserve une secrète affection. La loyauté envers un pays, un parti, une organisation lui importe moins que la loyauté à l'égard d'une personne. Là où cela se complique, c'est que Le Carré revendique Greene comme son maître...

— Votre homme a beau avoir été une taupe, c'était un personnage pour Greene et non pour Le Carré.

— Mais qu'est-ce qui vous fait dire cela, Elena ?

— La présence de Dieu. Ce qui change tout. »

Nous pourrions deviser des heures ainsi autour de l'exception anglaise, de ce pays où les traîtres ordinaires finissent en prison, les traîtres gentlemen dans les clubs et les deux sous la plume d'un romancier. Ou encore du *Greeneland*, cet univers asphyxiant, à la sexualité étouffée, borné par le secret, étranglé par ses non-dits refoulés, et qui ne trouve de rédemption que dans la confession des péchés.

« À propos, a-t-il cité "Vérité en deçà des Pyrénées, erreur au-delà" à son procès ?

— Pas à ma connaissance.

— Vous êtes sûr qu'il était pascalien ? »

Soudain je ne sais ce qui me prend. L'atmosphère probablement. La confiance établie entre nous par la vertu de la littérature. Par un phénomène dont les ressorts m'échappent, l'image de la petite-fille se superpose à celle de la grand-mère. Nathalie et Elena ne font plus qu'une. Mon regard amoureux les a tressées l'une dans l'autre. À trop garder une question au bord des lèvres, elle finit par tomber.

« Et le docteur Imek Bernstein, que lui est-il arrivé ? »

Ses traits se durcissent, son sourire s'estompe, le ton se fait sec et sans appel tandis que les sourcils sont tourmentés.

« L'orgueil, comme l'arrogance, déroge aux normes du socialisme. »

La vieille dame n'en dira pas davantage. En quelques mots, elle vient de me prouver qu'elle a aussi l'art d'épaissir les ténèbres. En quelques secondes, son personnage s'est fait poignant et sa parole saisissante.

« À propos, ma petite-fille, Nathalie, vous l'avez rencontrée je crois : qu'est-ce qu'elle vous a demandé ? »

Son ton est brusquement si caverneux, et le tour de la conversation si dramatique, qu'instinctivement je fuis la question.

« Elle s'intéresse à... Proust, voilà ! Elle me harcèle là-dessus, comme si tout écrivain était comptable des trucs et des méthodes de tous ses collègues de bureau. Remarquez, il y a pire. Alors on discute de la recherche, vous savez bien, la *Recherche du temps perdu*...

— C'est tout ?

— À ma connaissance, oui, mais c'est déjà pas mal. »

La nuit tombe, le vent se lève si l'on en juge par le mouvement des branches dans le jardin. Elle me raccompagne en s'appuyant à mon bras.

« Surtout, ne prenez pas froid. »

Alors Elena, visage de porcelaine posé sur une petite silhouette fragile, traductrice hors d'âge qui semble vivre dans la vaste région de l'entre-deux-langues, les yeux bleus malicieux sous son casque d'argent, esquisse un geste d'une grande tendresse, comme seuls en sont capables les amants.

Elle pose ses mains autour de mon cou et relève doucement le col de mon manteau.

31

Le surlendemain, alors que je m'apprête à quitter Moscou, le réceptionniste de l'hôtel me remet une lettre non timbrée, déposée à mon attention le matin même. Embarrassé par mon sac et ma valise, je dépose le tout au bar :

> « Cher Ami, si vous le permettez. Allez au 62 de la rue Tchkalova, vous ne le regretterez pas. Disons que c'est une sorte de service de documentation. Deuxième étage, bureau 632, demandez Andreï. Dites que c'est de ma part. Surtout ne faites pas référence à mon mari. Certaines choses doivent aller à ceux à qui elles sont un jour destinées et à nul autre. Faites-en bon usage. Vous aviez déjà la clé morale. Vous y trouverez certainement les clés qui vous manquaient. Ne tardez pas. Dieu vous protège. Elena. »

Une heure après, son ami m'installe dans un coin, à un étroit bureau à l'écart de la grande table de consultation, et me remet une boîte grise. Celle de l'affaire dans son jus. Entendez : conservée dans sa chemise d'origine à la couleur non identifiable, sanglée par une méchante ficelle qui avait dû être rarement dénouée depuis quarante ans. Rien de moins que le dossier de justice de Georges Pâques. Des lettres, des procès-verbaux d'interrogatoire, des rapports confidentiels, des expertises. Le KGB s'en était procuré une copie intégrale.

Soudain ce qui était en suspens ne l'est plus. Dates,

lieux, noms, événements. Les choses se précisent, les doutes se dissipent, les hypothèses se confirment, l'Histoire s'accorde à vos intuitions. Qui saura jamais décrire l'étourdissement du chercheur à cet instant, sa main mordue, son petit cri étouffé, ce sourire de vainqueur, sa fierté intérieure, l'incrédulité qui se lit sur son visage lorsqu'il s'abandonne enfin et l'éloquence muette de son regard tandis qu'il contemple la chose ouverte sur la table en secouant la tête ?

Pour la première fois de ma vie de voyageur, je rate mon avion sans l'ombre d'un regret.

32

On peut être saisi de vertige sans bouger de sa chaise. Cette plongée dans les papiers de l'affaire Pâques est décisive comme peut l'être pour un historien toute immersion dans des cartons d'archives. Chacune de ses arêtes recèle une ombre portée riche de découvertes. Tout ne s'y trouve pas. On ne voit pas qu'avec les yeux. Manquent la rumeur du monde, les odeurs, les bruits des jours passés. Le grain d'une voix fait défaut à ceux qui n'approchent le mystère d'un homme que par le biais du document.

Je connaissais celui de Georges Pâques, et sa poignée de main, la qualité de son regard, les courbes de sa graphie ; j'avais déjà ressenti le souffle épais de sa mémoire ; nos entretiens avaient placé un peu de son passé en dépôt chez moi ; désormais, je le connais aussi par les minutes de son existence. Ce sont les fameuses pierres authentiques qu'évoquait Marguerite Yourcenar, autobiographe de l'empereur Hadrien *in abstentia*, à propos de tout travail littéraire de reconstruction historique. Depuis des années que je déplie mon héros, j'aperçois enfin ses pliures comme autant d'éclats de mémoire.

Je n'avais que des traces ; j'ai des preuves. Soudain mon puzzle a de la gueule.

Vient un moment où il faut se jeter. Tant pis si des zones de l'histoire demeurent inconnues. Dans son *Journal*, Michelet enjoint de faire parler les silences quand on ne sait pas au juste ce qui s'est passé. Comptons sur la grâce pour leur donner une voix, et *basta* !

II

33

L'étau se resserra sur Georges Pâques vers la fin de l'année 1961. C'est alors et alors seulement qu'il entra dans l'ère du soupçon. Le génie des agents de la DST, organisme chargé du contre-espionnage sur le territoire français, n'y fut pour rien.

En décembre de cette année-là, un officier russe, alors connu sous le seul nom de code de « Martel », se présenta à l'ambassade américaine à Helsinki. Il disait être le consul soviétique ; comme il demandait à parler exclusivement à Frank Friberg, le chef de l'antenne locale de la CIA, on comprit que l'affaire était sérieuse. Quarante-huit heures plus tard, il fut exfiltré vers les États-Unis avec sa femme et leur fille. Il fut débriefé et passé au détecteur de mensonge dans une discrète annexe de la Compagnie, à Talbot County (Maryland).

On ne tarda pas à apprendre qu'il s'agissait d'Anatoli Mikhaïlovitch Golitsine, ou Golitsyne, responsable d'un directorat au KGB. Sa mémoire était phénoménale. Il connaissait par cœur à la virgule près des documents de l'OTAN, le moyen de les décoder, ainsi que des listes d'agents soviétiques, en sommeil ou en activité, opérant en Occident. Le président Kennedy dépêcha un émissaire spécial auprès du général de Gaulle, afin de lui soumettre « *for his eyes only* » une lettre l'informant que des taupes soviétiques étaient à l'œuvre au plus haut niveau du gouvernement français. Les services de renseignement, qui en firent bientôt leur miel, en furent stupéfaits. Peu après, six officiers du Renseignement français débarquaient secrètement à Washington sans même que leur ambassade en soit prévenue. Ils passèrent quatorze jours à interroger « Martel », lequel perdait vite patience, détestait que l'on s'éternise sur des détails et se considéra vite non comme un traître, ce qu'il était, mais comme un historien de la politique étrangère soviétique, ce qu'il rêvait d'être.

À Moscou, la Centrale fit immédiatement tomber des têtes. Elle veilla à ce qu'il n'en tombe pas trop en Europe. Ordre fut ainsi donné à ses agents de se faire oublier et à ses taupes de rentrer sous terre pendant quelque temps. Les contacts n'étaient autorisés qu'avec des boîtes aux lettres mortes.

Le transfuge donna des noms, notamment les identités manquantes du réseau de Cambridge, et la CIA en fut comblée ; ses révélations conduisirent à l'arrestation du colonel Stig Wennerström, une taupe de quinze ans d'âge, ce qui déclencha un énorme scandale à Stockholm. Mais dès que Golitsyne se lança dans des théories conspirationnistes, elle en fut marrie. Et s'il avait menti ? On le soumit à nouveau au détecteur de mensonge. La machine confirma. Golitsyne impressionna tant qu'il restait confiné au secret et que ses révélations faisaient des ravages dans toute l'Europe. Mais on lui en demandait trop ; il fut promu au rôle d'expert et cela lui monta à la tête. Dès qu'il sortit d'entre les ombres, il se révéla comme le plus pâle parmi les êtres blêmes.

Pour la France, ce fut plus compliqué qu'ailleurs.

Que savait-on de la taupe qu'il dénonçait, à l'issue de plusieurs mois de recoupements ? C'était un homme, ayant accès aux informations de l'État-major de la Défense nationale et de l'OTAN, après avoir appartenu à différents cabinets ministériels ; la liste des suspects se rétrécit lorsqu'on apprit que la taupe avait eu des liens avec le consul général soviétique à Alger pendant la guerre.

Au KGB, « Martel » travaillait au département chargé d'analyser les renseignements en provenance de l'OTAN. Un temps, on crut que Georges Pâques était la taupe qu'il dénonçait au sein de l'organisation atlantique. Fausse alerte : c'était Hambleton. La nouvelle parvint à l'ambassade bien avant d'être ébruitée. Elle y déclencha une certaine panique. Les Français allaient-ils s'apercevoir que le sommet de l'État était une taupinière ? La DST soumit une liste de cent noms à Golitsyne, puis de quinze.

« Je sais que c'est un Français de l'OTAN qui opère seul et qui est très lancé dans les milieux politiques », concéda-t-il.

Le transfuge n'avait pas formellement désigné Pâques, mais grâce à ses indications, les enquêteurs purent tracer les voies souterraines empruntées par un document confidentiel sur la guerre psychologique Washington-Paris-Moscou. La surveillance ne s'exerça plus que sur sept suspects, puis quatre. Trois officiers supérieurs et un haut fonctionnaire. Les quatre œuvrant pour la France au sein de l'OTAN, les quatre ayant un accès direct et permanent à l'État-major général de la Défense nationale, les quatre ayant eu ce fameux document en main. Ils furent mis sous surveillance aléatoire. On éplucha leur carrière, leurs emplois du temps, leurs relations. On fouilla partout. On fit des recoupements. Il y avait bien çà et là des éléments troublants mais rien de probant. Les enquêtes durèrent des mois. Les quatre hommes ne furent pas inquiétés.

Les agents du contre-espionnage ne les gardaient pas moins discrètement à l'œil. Surtout Pâques, après que le commissaire Chalet eut entendu une personnalité haut placée, jadis passée par Normale sup', lâcher devant lui au détour de la conversation :

« Georges Pâques, un homme de droite ? Vous plaisantez ? »

Ceux qui recherchaient la taupe l'imaginaient en léopard camouflé alors qu'il portait un simple Macintosh contre la pluie. Même pas un trench-coat croisé et sanglé à la taille par une ceinture nouée à la diable, mais un simple imperméable droit à petit col sagement posé autour du cou. Si au moins il l'avait relevé, le détail lui aurait accordé un parfum de mystère, mais non. Ses costumes disparaissaient derrière son personnage. Tout en lui était désespérément fonctionnaire, et le cartable n'arrangeait rien. Pour avoir tôt renoncé aux grandeurs d'établissement dans un esprit de résignation, il était sincèrement étranger aux stratégies du paraître ; pour y avoir longtemps sacrifié par nécessité dans le sillage des ministres qu'il servait, il n'était pas dupe de l'ondoiement des drapeaux sous les ors de la République. Son allure l'avait longtemps protégé de limiers pas assez fins pour imaginer leur redoutable ennemi de l'intérieur dans toute sa banalité. Un homme ordinaire.

Le couperet était passé tout près. Pâques n'en reprit pas moins ses activités.

L'agent allait bientôt entrer dans sa vingtième année de service. Eût-il osé le voyage de Moscou que ses collègues de bureau lui auraient certainement offert une petite réception alcoolisée pour fêter cela et un cadeau symbolique assorti d'une médaille du mérite. Au lieu de quoi il devrait se résoudre à une célébration secrète et solitaire.

Invité par les récents événements à redoubler de prudence, le nouveau résident, un gros type tout en transpirations du nom de Vlassov, avait inauguré les rendez-vous en dehors de Paris ; ils étaient signalés par des points sur une carte régionale qu'il lui avait remise. Le bois de Meudon était le plus important.

Lorsqu'il s'agissait d'une transmission de documents, Pâques passait en voiture, baissait la vitre en ralentissant, jetait un paquet de Gitanes contenant les pellicules à un endroit convenu entre eux. Quelques minutes plus tard, Vlassov passait, ramassait et laissait un paquet de Royales au même endroit. Quand Pâques passait à nouveau, il comprenait ainsi que la transmission s'était bien déroulée. Pour les conversations, ils marchaient dans le bois ou déjeunaient dans les restaurants du coin. Jusqu'à ce que Vlassov juge Meudon trop fréquenté. Il jeta alors son dévolu sur Saint-Nom-la-Bretèche, ce qui déstabilisa Pâques : il avait toujours du mal à localiser le lieu.

Vlassov lui avait fait échanger sa Dauphine contre une Fiat 1500 car il la considérait plus sûre pour leurs rendez-vous à l'extérieur de la capitale. De toute façon, on n'imaginait pas Georges Pâques au volant d'une automobile arrogante.

La dernière fois qu'ils s'étaient vus, c'était à La Rotonde, un restaurant cossu de la Muette fréquenté par les grands bourgeois du quartier. Après, ils se ratèrent.

C'était au début de l'été 1963 pour un rendez-vous de rattrapage. Outre de nouveaux documents, Vlassov, qui s'apprêtait à partir en vacances, voulait récupérer son précieux matériel : le Minox, la boîte aimantée, le papier carbone.

Le samedi 10 août, à l'heure du petit déjeuner, Georges Pâques se rendit à la gare Saint-Lazare par l'autobus 32 ; là, il acheta un billet de deuxième classe pour Versailles ainsi qu'un sandwich ; peu après, il arrivait par un car de la CFTA à Feucherolles, une petite commune des Yvelines, à la sortie de la forêt domaniale de Marly-le-Roi. Il fit le voyage en car comme un voyageur du week-end. Il trouva sans mal l'église Sainte-Geneviève. Comme il était en avance, il en profita pour admirer les chapiteaux à feuilles d'eau de la nef. Puis il pria et médita, toute église lui étant un réservoir de silence et d'abîme. Le parvis était trempé par la pluie incessante ; nerveuse puis douce et presque chaude, elle n'en rendait pas moins les pavés glissants.

Un coup d'œil rapide à sa montre, une certaine impatience, une légère incertitude dans la manière de marcher sans trop savoir où diriger ses pas. Il avait tout d'un étranger dans la ville.

Un couple de touristes prenait des photos au moyen d'appareils beaucoup trop sophistiqués pour la capture d'un simple souvenir. Il se retint de leur dire que leur encombrant trépied était superflu, d'autant que la lumière leur autorisait une pellicule de faible intensité et une vitesse élevée ; ses récents progrès en la matière l'avaient rendu légèrement prétentieux. La chaleur humide sous la pluie était suffocante. Vlassov, le bras naturellement prolongé d'un mouchoir blanc trempé de la sueur de son front et de son cou, n'aurait pas mouillé sa chemise sans raison.

Une 403 bleue immatriculée 75 IT 23452 passa et repassa. À deux reprises. Pâques la remarqua ; il inspecta les horaires à l'arrêt de bus ; le conducteur, inconnu de lui, descendit de voiture et en fit autant. Ils se parlèrent sans se regarder.

« Ne vous ai-je pas rencontré à Rome en juin 1940 ?

— Non, en juin 1940 j'étais à Chalon-sur-Saône. »

Le code prévu pour le remplaçant de Vlassov en cas d'empêchement de force majeure. En se retournant, l'inconnu aperçut une voiture de police stationnée depuis quelques minutes sur la place. Il s'interrompit aussitôt, monta dans sa voiture et s'en alla. Eût-il pris le temps d'observer, il se serait rendu compte que les policiers n'étaient là que pour verbaliser.

Et s'il était brûlé ? Pâques rentra chez lui plus inquiet que déçu par ce rendez-vous avorté. Un pneumatique l'y attendait. « Gracia » lui fixait un nouveau rendez-vous place de la République. Il s'y rendit comme prévu le lendemain, en vain. Le lundi matin, n'y tenant plus après un week-end à se ronger les sangs, il appela l'ambassade soviétique depuis une cabine téléphonique et demanda un certain Vago.

Il se prépara à se rendre à ce nouveau rendez-vous. S'il se soldait par un troisième échec, il utiliserait la procédure d'urgence. Celle que Vlassov avait prévue en cas de graves événements internationaux les empêchant de se retrouver en France. Pâques devait recevoir à son domicile une lettre signée « Bembo », nom de code qu'il avait choisi en hommage au cardinal vénitien Pietro Bembo qui lui avait valu une mention très bien à son diplôme d'études supérieures ; elle lui fixait un rendez-vous à Rome sous le porche de la Basilica di Santa Maria Maggiore le 20 ou le 21 du mois à 9 heures. Au cas où Vlassov, qui n'apparaissait que sous le pseudonyme de Julien dans son carnet, devrait être remplacé par un inconnu, il s'identifierait en tenant *L'Aurore* à la main.

Ce plan de sauvetage fut inutile. Deux jours avant, assis dans une voiture garée en retrait, quatre inspecteurs de la DST avaient discrètement observé le manège devant l'église de Feucherolles. Ils identifièrent le conducteur de la 403 bleue, un certain Khrenov, officiellement diplomate à l'ambassade soviétique à Paris. Si des policiers n'avaient pas établi une contravention à une voiture mal garée, les deux hommes auraient été pris en flagrant délit.

Georges Pâques n'eut pas le temps de penser à l'Italie.

34

Le 12 août, par un matin bleu cobalt, le Christ lui apparut portant sa croix. Ni une vision ni une image. Juste une forme. Cela se passait dans son bureau, à l'OTAN, où il n'avait pourtant pas l'habitude de le rencontrer. Troublé, jusqu'à l'étourdissement, il sortit un instant pour reprendre ses esprits. Lorsqu'il retourna à son bureau, alors qu'il s'appliquait à fermer à clé tous ses tiroirs, le Christ réapparut et l'appela à porter sa croix à son exemple. Son regard fouilla en lui-même. L'idée de trahison ne l'avait jamais effleuré.

Il fit quelques pas au soleil de la porte Dauphine. Sur le trottoir, des hommes l'attendaient. Trois inspecteurs de la DST lui apparurent et l'interpellèrent.

35

Il fut aussitôt conduit au 13 rue des Saussaies, siège du contre-espionnage français, pour y être interrogé dans une pièce grise et nue, aux murs pisseux, à l'exception d'un pan brunâtre dans lequel une vitre sans tain était encastrée. L'interrogatoire fut calme, presque serein. Par moments, on eût dit un entretien, voire une conversation. Après tout, on était entre gens de bonne compagnie, tous fonctionnaires et serviteurs de l'État. Il n'y eut pas de gros mots. Il ne fut pas même nécessaire d'élever la voix. Mais, cette fois, ils le tenaient. Dans la Maison, nul n'avait oublié qu'une enquête de routine, menée en 1958 lorsqu'il était détaché à l'État-major de la Défense nationale, n'avait rien donné. Pas le moindre élément de nature à le soupçonner.

« Qu'avez-vous fait toute cette semaine ?

— Tout est clair. Voyez vous-même dans mon agenda.

— Et dimanche, qui avez-vous rencontré ?

— Hier ? Un attaché culturel soviétique », répondit-il sans manifester le moindre trouble.

Il paraissait si impassible, cet homme assez rond. 87 kilos pour 1,73 mètre. Son pouls battait à 64. Rien n'indiquait qu'il vivait l'événement comme un désastre intime. Juste un incident. Pas de quoi dissiper son éternel sourire, ce masque d'ironie que l'on retrouve sur toutes ses photos depuis son adolescence. Jusqu'à l'entrée du patron. Le commissaire Chalet changea l'atmosphère :

« Inutile de tourner autour du pot : vous êtes un

agent du KGB. Aidez-nous à vous défendre plus tard : avouez tout... »

Pâques réfléchit longuement, baissa les yeux, se perdit dans ses pensées, sans dire un mot; son silence fut respecté par les hommes qui l'entouraient. Tous voyaient l'invisible écriteau « Ne pas déranger ». Son fredonnement était à peine perceptible :

Le pauvre Jean, perdant la tête,
Rendu fou par la trahison,
Sur son rival soudain se jette
Criant : « Bandit, rends-moi Lison ! »
Le chauffeur éperdu fait tournoyer sa pelle
Jean, lui sautant au cou, l'étrangle comme un chien
Et tous les deux rivés par l'étreinte mortelle
Tombent de la machine, abandonnant leur train !...

Puis, au bout d'une longue vingtaine de minutes, enfin :

« Apportez-moi du papier et de quoi écrire, je vous prie. »

D'un signe de la main, on lui fit donner un bloc de papier par une secrétaire. Il se mit aussitôt à rédiger à la volée. « L'histoire a commencé à Alger en 1944... Je pensais que l'Union soviétique aurait un rôle capital à jouer après la victoire... »

Un mot de son cher Giraudoux lui revint alors en mémoire. Une réflexion placée dans la bouche de la prieure, ou peut-être était-ce celle de sœur Anne-Marie, dans le film de Robert Bresson *Les anges du péché* : « C'est quand le monde prend la forme d'une feuille de papier qu'il pèse de tout son poids. »

Il couvrit d'un seul jet, d'une écriture fine et régulière légèrement penchée, à la graphie appliquée respectant les blancs et les paragraphes, treize pages relatant l'essentiel de ses relations avec les Soviétiques. Il écrivait comme un poète dans une nuit de tempête, mais la raison corrigeait l'émotion.

D'un même élan, il compléta aussitôt par la liste des documents « Confidentiels », « Secrets », « Très secrets » ou « Cosmic » les plus importants qu'il avait transmis au KGB durant toutes ces années.

« Cosmic ? s'interrogea, tout haut et non sans malice, un jeune inspecteur qui s'était risqué à regarder par-dessus son épaule tandis qu'il se relisait. Des secrets sur la Lune ? »

Un ancien de la Maison répondit à sa place :

« Un américanisme. À l'OTAN, c'est comme cela qu'on appelle des informations dont n'ont connaissance qu'un nombre restreint de personnes à un échelon très élevé. Ça touche surtout aux histoires de tactique et de stratégie. »

Cosmic... Il y a vraiment des néologismes qui se poussent du col. Les documents ainsi estampillés étaient tout de même ronéotés à 250 exemplaires et manipulés par des secrétaires et des plantons. Jamais il n'eut accès aux secrets militaires frappés du tampon « Cabale », la catégorie la plus fermée, la plus codée et, partant, la plus ésotérique.

Il se voulait un rouage de l'Histoire immédiate quand on l'aurait cru planqué dans un confortable angle mort de la société. Quelque chose comme une sinécure alors qu'il frôlait chaque jour le danger.

Georges Pâques s'était déchargé d'un poids considérable. Il en conçut dans l'instant un immense et profond soulagement. Imagine-t-on la force morale nécessaire pour résister à un aussi long exil intérieur? Les espions ne font pas de vieux jours car le secret favorise l'ennui.

Pâques était las de ce cloisonnement. Jamais il n'aurait eu la volonté suffisante pour, de lui-même, crever la membrane. Étrange situation où l'on en vient à souhaiter secrètement qu'advienne l'accroc qui signera notre perte. Sa fatigue mentale l'emportait. Lui, dont les amis attestaient une réputation de paresse et de dilettantisme, avait dû s'imposer une discipline de fer dans sa vie clandestine. Il avait hâte de voir clair en tout et d'abord en lui. L'impérieuse nécessité de se confesser. Fendre l'armure. Tomber le masque. Parler à visage découvert. Sortir de sa relégation. Jouir enfin de se voir consacré dans son rôle considérable et invisible.

Il s'enivrait du sentiment de sa perte, pris de cette ivresse qui mêle d'ordinaire l'état d'absence à la conscience la plus aiguë. Qu'importe si la partie est perdue dès lors qu'on l'a crue nécessaire. Mais pourquoi dit-on toujours d'un soulagement qu'il est lâche? Au dictionnaire des idées reçues, ce couple est des plus funestes; il doit sa mauvaise fortune aux accords de Munich.

Pas une faute, pas une rature. Pas de pathos : il faisait sec dans ces pages. Les hommes de la DST furent impressionnés par l'authenticité qui se dégageait de ce texte écrit furtivement, à l'abri d'une porte grinçante; certains parlèrent même d'une certaine humilité.

Il se sentit en sympathie avec eux, du moins avec les jeunes inspecteurs, pas avec leurs chefs, trop calculateurs pour être vrais. Dans les dernières lignes, il n'était plus question que des sacrements et de Dieu.

« Voici mes aveux. Ma confession écrite. Maintenant, messieurs j'aimerais me confesser à un prêtre. Je désire recevoir la communion. Cela fait dix-neuf ans que je ne m'en sens pas digne... », dit-il simplement en tendant une liasse de feuilles qui étaient les larmes des choses.

Très ému par cette irruption de la spiritualité dans des locaux qui n'en avaient guère l'habitude, le commissaire Chalet fit quérir l'abbé à l'église de la Madeleine toute proche. Le temps qu'il se présente rue des Saussaies, l'émotion avait gagné en pragmatisme.

« Qu'est-ce qui nous empêcherait de sonoriser cette confession, histoire de voir si elle coïncide bien avec l'autre... Un ou deux micros sous la table, pas plus... »

Jean-Paul Mauriat, un membre de l'équipe de la DST, s'y opposa formellement :

« Il y a des choses qui ne se font pas ! »

Il tint tête à sa direction et emporta l'adhésion générale. Lorsque le prêtre se présenta, on comprit vite au visage de l'inspecteur qui le ramenait qu'il posait problème : il était originaire d'un pays de l'Est ; or, malgré tout le respect dû à sa fonction, la Maison en avait déjà connu qui se servaient de leur soutane comme couverture pour des activités que le contre-espionnage, à défaut de la morale, réprouvait. On passa outre.

« Dans quelle pièce souhaitez-vous vous confesser ? lui demanda un inspecteur, se croyant *fair play* face à un homme effondré mais suffisamment lucide pour deviner que toutes les pièces étaient sonorisées.

— Dans la cour. »

L'espion et le prêtre s'entretinrent dans la petite cour du 13 tout en marchant de long en large. Mais pour la communion, ils choisirent un bureau, la messe étant servie par le commissaire Mauriat.

La conscience de Georges Pâques put s'ouvrir en paix. Il crut voir défiler le film de sa vie, comme tout un chacun à l'instant de sa mort. Lui qui avait vu dans son arrestation le signe indiscutable de la bonté de l'Éternel à son égard, puisqu'Il l'appelait à se repentir et à redresser sa vie, il confessa dans les larmes tout ce qu'il y avait eu d'antichrétien dans sa vie depuis vingt ans. Il reçut enfin la communion tant espérée depuis si longtemps.

Puis ses ultimes résistances le lâchèrent ; il sentit les digues se rompre en lui ; ne tenant plus ses nerfs, celui qui croyait négocier en secret les aléas de la guerre froide, l'homme qui se voulait l'artisan mondial d'une paix durable, s'effondra, manifesta le désir de disparaître et implora qu'on l'y aide :

« Maintenant vous savez tout, donnez-moi un revolver », implora-t-il en se tournant vers l'un de ceux qui avaient mené l'enquête, le commissaire Montarras.

« Pour quoi faire ?

— Pas d'histoire, pas de bruit, pas de scandale. On appellera cela un accident.

— C'est envisageable, lui répondit-on, mais, en attendant une décision gouvernementale, respectons les formes, si vous le voulez bien.

— Et un bannissement secret, cela reviendrait au même, non ? »

Les policiers hésitèrent à lui objecter qu'une telle solution était littéraire, pour ne pas dire romanesque, qu'elle avait peu de rapport avec la réalité du terrain.

C'était fini. Le visage blême, la paupière lourde, un goût âcre dans la bouche, il se tassa sur sa chaise. Soudain, il n'avait plus quarante-neuf ans mais bien davantage. Une main se posa sur son épaule : qu'elle fût une main policière ne lui ôtait pas sa charge de compassion mêlée de pitié dans l'acception la plus classique du terme.

Pour être un traître à son pays, Georges Pâques n'en demeurait pas moins pathétique. On le sentait si peu sûr de ce qu'il était qu'il paraissait en état d'indéfinition existentielle. Il espérait sincèrement que son arrestation ne s'ébruiterait pas et qu'il n'y aurait pas d'affaire Pâques. Il avait même précisé dans ses aveux écrits : « Il y a aussi ma femme et ma fillette. Puissent-elles ne jamais savoir. Quelle que soit votre décision à mon égard, je vous supplie de trouver une solution qui les maintienne dans l'ignorance. » Il avait proposé des aveux complets et détaillés au commissaire Chalet en échange de cette promesse : pas de procès. Juste pour éviter le déshonneur à sa famille. En fonction de la réaction du gouvernement, il avait prévu soit qu'on l'aide à se supprimer, purement et simplement, en lui fournissant une arme; soit qu'on l'éloigne de France sous le couvert d'une quelconque assistance technique en Afrique.

Il ne doutait de rien.

La mort eût été préférable à la honte. La sienne, qui eût signifié celle des siens. La mort met un terme aux douleurs. Les Anciens disent que celui qui meurt dans son sommeil est exempt de soucis. Une bouffée de khâgne revint l'envahir. Les yeux dans le vague, il murmura :

« *Mortuus per somnum vacabis curis.*

— Pardon ? fit un inspecteur.

— Rien. »

Au dixième jour de son interrogatoire, comme son idée fixe ne l'avait pas déserté, il demanda à nouveau si on voulait bien l'aider à recevoir la mort comme une grâce, afin que la honte ne rejaillît pas sur les siens et que leur nom ne fût pas sali. L'inspecteur de garde prit un air sincèrement désolé :

« Rien ne va plus. Le gouvernement ne veut pas le silence. La justice suivra son cours normal. »

36

Interpellé le 12 août et aussitôt interrogé par la DST, son mandat de dépôt fut signé seulement le 22 et ce n'est que le 27 de ce même mois qu'il put enfin écrire à Me Naud pour le désigner comme son défenseur. Il était maintenu au secret. N'eût été une fuite qui brisa la consigne de silence, il y serait resté plus longtemps encore.

On perquisitionna chez lui. Des cartes de visite au nom d'Eduardo José Gracia de Abarca, un appareil photo pour les prises de vue rapprochées, un carnet d'adresses et un agenda codés. Puis on fit de même à son bureau à l'OTAN. 500 francs et quelques milliers de lires italiennes, des papiers personnels d'identité et d'administration, du courrier, deux livres appartenant à la bibliothèque de l'École normale supérieure, un dossier contenant ses essais littéraires, articles, nouvelles, poèmes, traductions du byzantin et un dictionnaire d'anglais.

Mais les policiers n'avaient pas l'autorisation de perquisitionner dans le coffre qu'il louait à l'agence Opéra du Comptoir national d'escompte de Paris, sa banque. Pas encore.

Le secret ne lui pesait pas. Un vieil ami que le secret. Un compagnon des bons et des mauvais jours. Aucun risque de folle gamberge. Bernard de Clairvaux l'avait placé sous sa protection : *Beata solitudine, sola beatitudine.*

Étrangement, alors qu'il avait avoué, il s'écoula six longues semaines avant l'annonce officielle de son arrestation. Ses supérieurs à l'OTAN firent simplement savoir à ses collègues qu'il avait prolongé ses vacances en Grèce. Le gouvernement hésitait à révéler une affaire qui ne pouvait que scandaliser l'opinion et, partant, le discréditer, notamment aux yeux des Américains déjà en bisbille avec de Gaulle. Six semaines : bien plus qu'il n'en fallut à l'ambassade soviétique pour mettre en place des courts-circuits tout autour de son agent brûlé. Il n'y avait pas de réseau à démanteler, mais le contre-espionnage profiterait certainement de l'affaire pour fouiller partout avant de se convaincre de la solitude de Pâques.

N'empêche qu'en recoupant sa biographie avec celle des hommes qu'il avait côtoyés, la DST se mit à soupçonner rien de moins qu'Étienne Manac'h, le directeur d'Asie-Océanie à l'administration centrale du Quai d'Orsay, Georges Gorse, le ministre de la Coopération, Louis Joxe, ministre d'État qui avait été ambassadeur à Moscou au début des années cinquante et même Jacques Foccart, l'homme des affaires africaines à l'Élysée. Tous bousculés par les services avant d'être blanchis. C'est dire si l'on était nerveux.

37

En y cherchant tout autre chose, je suis tombé par hasard sur les assauts de moralité du Général tels qu'Alain Peyrefitte les rapporte dans *C'était de Gaulle,* son délectable *Choses vues* à lui. C'est dans un chapitre sur le scandale Profumo, où l'on voit un ministre de la Guerre de Sa Majesté Britannique entretenir une liaison assez peu intellectuelle avec la maîtresse d'un membre de l'ambassade soviétique. De Gaulle tenait qu'un ministre doit être insoupçonnable; détenant un pouvoir d'État, et donc dépositaire de la confiance du peuple, il ne doit la trahir d'aucune manière. *O tempora, o mores!* La faiblesse est humaine, elle ne peut être ministérielle : la formule est tellement gaullienne qu'on s'étonne de la trouver sans guillemets sous la plume de son Commynes, mais qu'importe. L'idée est bien là : un haut serviteur de l'État doit se hisser au-dessus de lui-même car il représente quelque chose de plus haut que lui-même. L'intégrité, l'exigence, le devoir... Ah, que de Gaulle nous manque! On comprend qu'il ait viré un ministre, bien que ce fût un vieux militant, sans même lui accorder le temps ni le privilège de repasser à son bureau pour faire ses cartons ou même emporter son cartable, à la seconde où Pompidou lui a appris qu'il avait vendu des informations à un État étranger.

J'en étais là quand je fus saisi par ces lignes en tournant la page :

> « *Matignon, jeudi matin, 19 septembre 1963.* Les journaux sont pleins d'une affaire d'espionnage qui éclate, avec l'arrestation de Georges Pâques, chef adjoint du service de presse de l'OTAN. Pompidou est stupéfait. Il l'a connu à Normale : "Il y entrait quand j'en sortais. On lui aurait donné le Bon Dieu sans confession. Or, il a espionné pour le compte de l'URSS depuis la Libération. Les bras m'en tombent. Comment a-t-il pu ainsi bousiller sa vie?" »

Pompidou avait mis le doigt sur un point sensible de ce mystère. Car il y avait effectivement quelque chose de proustien dans la manière dont Pâques s'était gâché non pour une femme mais pour une idéologie qui ne lui plaisait pas et qui n'était même pas son genre.

> « *Salon doré, 1er octobre 1963.* Le Général me parle à son tour de l'arrestation de Pâques : "Nous avons frôlé notre affaire Profumo. Encore heureux que ce zigoto n'ait pas été ministre ! Les Soviets l'ont fait tomber dans un traquenard dégoûtant : puis ils l'ont fait chanter. Dans la Défense et la diplomatie, il ne faut jamais employer d'homosexuels. Ce sont des cibles trop faciles." »

Cette fois, c'est mon tour : les yeux m'en tombent. Pâques, *gay friendly* ? Invraisemblable. Pas le moindre élément qui l'atteste. Pas l'ombre d'un soupçon. Le piège de l'homosexualité comme moyen de chantage est devenu le discours de la méthode en matière d'espionnage. La trahison des Cinq de Cambridge a beaucoup fait pour accréditer cette opinion dominante devenue une tarte à la crème. L'homosexualité, l'argent, les maîtresses : si ce n'est l'un, c'est l'autre, dans cet ordre. Georges Pâques, aucun des trois. Même s'il a dit aux policiers que sa vie de couple était endormie depuis longtemps et qu'il s'est morfondu d'être allé parfois voir ailleurs. Pourtant, le président de la République devait être en principe l'homme le mieux informé de France. Soit j'ai fait fausse route, et il me faut tout reprendre sous ce prisme-là, soit le Général lisait trop la presse anglaise.

38

La rumeur ne tarda pas à montrer du doigt des membres de l'ambassade soviétique à Paris. À peine incriminés, aussitôt rapatriés. Nul besoin d'une plainte du Quai d'Orsay. L'ambassadeur avait pris les devants ; il n'éleva même pas de protestation. Quelques membres du personnel furent discrètement et prestement rapatriés en Union soviétique. Le temps que les journaux réagissent, les attachés « culturels » étaient déjà arrivés à Moscou.

Le Kremlin ne songea même pas à sauver la face par des mesures de rétorsion. Aucun diplomate français ne fut expulsé comme il est d'usage par un donnant-donnant qui ne trompe personne.

Ce non-événement diplomatique fut interprété comme un aveu. Ce qu'il était.

Huit jours après avoir été écroué, Georges Pâques avait cependant fait appel à l'ambassade. Dans une lettre à sa femme, où il avait bon espoir de convaincre ses juges d'une simple « faute disciplinaire » de sa part (!), il la chargeait d'une discrète mission : « Il y a peut-être une autre solution : que le gouvernement français accepte de m'échanger contre un agent français. Va voir Vlassov et rappelle-lui qu'il m'avait promis de me venir en aide s'il m'arrivait malheur. »

Encore un aveu. Qu'échange-t-on contre un espion si ce n'est l'un de ses semblables ? On imagine déjà la scène : un pont quelque part entre la Finlande et l'Union soviétique, plus à l'écart que Berlin, la neige, le froid. Des civils en armes d'un côté, des soldats de l'autre... le Français sortant d'une voiture, le Russe d'une autre, les deux hommes se croisant et se saluant à peine à mi-chemin du pont... Quel cadeau pour ses accusateurs !

Nul doute qu'il se serait repris. Chacun sait qu'on ne pense pas tout ce qui nous passe par la tête. Sauf le contre-espionnage à qui il aurait été difficile de faire valoir que l'émotion peut laisser filtrer des phrases de notre lac inconnu.

39

L'OTAN faisait grise mine. Sale histoire. Avant son engagement, chacun de ses fonctionnaires fait l'objet d'une enquête de sécurité très poussée ; une fois engagé, il continue à être surveillé ; lorsque Pâques y a été recruté, il travaillait pour le KGB depuis quinze ans déjà et ils n'ont rien vu, rien remarqué. Ce qui est difficilement explicable.

Naturellement, les services de renseignement internes à l'organisation atlantique demandèrent à avoir accès à la procédure ; on leur opposa le secret de l'instruction ; les protestations de leurs chefs à l'échelon le plus haut furent impuissantes à débloquer la situation. Cela les renforça dans une hypothèse devenue une intime conviction : Moscou aurait sacrifié Pâques, grillé de toute façon, afin de sauver un autre agent encore plus haut placé dans l'appareil d'État français.

Un ministre.

Dans les services de l'information militaire, on s'empressa de tirer une nouvelle édition de *Notice sur les valeurs fondamentales du patriotisme français*, un texte de doctrine sur l'humanisme occidental destiné aux cadres chargés de former les esprits au civisme dans les unités des trois armées. Ce rapport au Premier ministre, publié en 1962, n'était pourtant pas encore épuisé. En comparant les deux éditions, on remarque qu'entre les noms des commandants et politologues une signature a disparu : celle de Georges Pâques.

40

Il s'attendait à recevoir une oblique pluie de flèches de la presse. Elle se déchaîna. Moins contre lui que contre le pouvoir qui essayait, par des voies officieuses, de le faire passer pour fou. Les journalistes ne disposaient que de sa confession à la DST. Une fuite si l'on veut. À la fois peu et beaucoup. Alors elle fouilla partout dans sa vie. À croire qu'ils s'étaient tous donné le mot pour illustrer l'idée selon laquelle le journalisme est une forme épanouie du mensonge. Que pouvaient-ils comprendre de sa solitude ?

Combat, *Le Monde*, *Le Canard enchaîné*, *Carrefour*, *Minute*, *Aux écoutes*, *Le Figaro*, il y en avait pour tous, du plus fantaisiste au plus grave. L'espionnage est un nid à fantasmes. On se souvint que douze ans auparavant, lors de sa candidature aux législatives à Chalon, il était le second d'André Moynet devenu depuis président de la Commission de la Défense nationale. On alla voir du côté du Mont-Dore, où il passait ses vacances de Noël en famille, au cas où l'hôtelier aurait remarqué quelque chose de trouble dans son comportement, qui sait, un appel en PCV pour Moscou. On raconta qu'il laissait toujours à sa femme le soin de conduire leur Dauphine, lui-même ne s'asseyant que sur le siège arrière afin de ne pas occuper la place du mort. On se refila d'une gazette l'autre une fameuse phrase censée être la clé de sa psychologie sans que nul ne soit capable d'en certifier la source : « Dans la vie, celui qui n'est pas le premier et ne fait rien pour le devenir reste généralement le second pour finir le dernier. » Tu parles d'un *rosebud* !

S'ils avaient su... Si seulement ils avaient su qu'il y a peu encore, cet homme assistait régulièrement aux réunions des chefs de service autour du général Ély, chef d'état-major général, et qu'il en faisait aussitôt le compte rendu à son contact du KGB.

Les journaux avaient bien du mal à se distinguer faute d'informations originales. Tous abreuvés à la même source, tarie en attendant le procès. Après avoir brodé, ils se retrouvaient à sec. On ne tient pas plusieurs jours de suite avec « Le mystère de l'espion normalien », d'autant que l'École s'accommode mal de mystères qui n'auraient pas partie liée au moins avec Péguy. Mais, question « légendes », *Candide* n'était pas en reste par rapport à *Paris-Match* : « Il y a des garçons qui ne se délivrent jamais de Normale supérieure, le refuge où l'on peut jouer sans risque avec l'intelligence », lisait-on sous des photos où on le voyait bouffonner comme jadis. Qui eût dit que l'austère école de la rue d'Ulm, sa fabrique à élites, pouvait ainsi déchaîner les fantasmes ? Les découvrant, Pâques se révéla envieux de ces hommes qui peuvent vivre toute une vie sans que jamais personne ne leur donne tort ; l'existence ne leur a rien refusé dès la naissance.

Seul du lot, *Candide* emporta le morceau en faisant la « une » avec les souvenirs du journaliste Yvan Audouard, ambassadeur du Midi provençal à Paris, trop libre et trop fantaisiste pour avoir poussé jusqu'à l'agrégation. Ses engagements politiques de jeunesse en témoignaient : fondateur du Parti légitimiste mérovingien, militant du Comité pour la commémoration du passage des Alpes par Hannibal... Il eut « la » bonne idée : un contre-portrait du traître en sympathique farceur. Les deux hommes s'étaient connus en khâgne ; depuis, ils n'avaient pas cessé de se fréquenter. Audouard s'employa à démentir : non, la belle-famille n'était pas riche ; non, Georges n'était pas un Rastignac ; non, ce n'était pas un arbitre des élégances ; non, ce n'était pas un homme de gauche travesti. Le journaliste tourna en dérision toutes les rumeurs courant sur son compte. Avec quelques anecdotes en prime, manière de parfaire le contre-portrait. Pâques, le fameux espion ? Toujours en retard. Sérieux et futile à la fois. Prince du canular en toutes circonstances. Assez snob pour se rendre chaque année à l'assemblée générale des bouchers-charcutiers du XVe arrondissement accompagné d'un cuistot de ses amis qu'il présentait comme son collaborateur. Intellectuel brillant en tous domaines mais effrayé par les idées générales en général et la philosophie en particulier. Lecteur hypermnésique qu'il ne fallait pas trop encourager pour déclamer des dizaines de poèmes durant toute une soirée, ou chanter *Ça, c'est de la bagnole !* aussi bien que la *Tétralogie*. Capable de répondre à sa fiancée qui voulait l'emmener à Versailles à la rencontre de l'art et de la nature : « Pourquoi Versailles alors qu'il y a déjà tant de bistros à Paris ? »

Comment le lecteur de *Candide*, jamais si bien nommé, n'éprouverait-il pas de l'empathie pour cet homme qui lui ressemble tant, resté fidèle à ses amis de jeunesse au point de les recevoir régulièrement en délégation pour des « déjeuners d'information » dans tous les ministères où il exerça avant de passer la nuit à tourner dans Paris jusqu'à plus soif et pas d'heure tels d'authentiques grands-ducs russes ?

« Avec Pâques, il n'y a jamais eu de limite d'âge pour le temps des copains », écrivit-il.

Dans *France-Soir*, un autre ami de jeunesse y alla de son témoignage. Le philosophe Pierre Boutang, plus naturellement politique qu'Audouard, insista sur la puissance du sentiment antiaméricain de Pâques ; il y vit même le terreau de ses convictions Algérie française. Mais comment expliquer la trahison ? « Le mépris des imbéciles, la haine des Américains et le désir de jouer un rôle dans la gabegie politique, ça peut mener loin... » En effet.

En assemblant les informations éparses glanées dans tous les journaux, on se trouvait face à une mosaïque de contradictions. Il en ressortait que Pâques était en bloc tout et son contraire. Ce qui ne faisait jamais que deux personnages en un et correspondait finalement à ce qu'il avait été durant de si longues années.

Un agent double de lui-même.

Mais était-il double partout et en toutes choses, comme Rilke dont on disait qu'il était tout le temps poète même lorsqu'il se lavait les mains ?

41

La trahison de Georges Pâques, j'en ai fait une affaire personnelle désormais. Non que je sois en communion avec lui. Mais j'ai fait miens son désir d'histoire et sa façon de vivre l'Histoire en train de se faire. Tant pis pour ceux qui jugeront intrusive ma présence dans le récit. Une fois pour toutes : le romancier, c'est Dieu le Père. Il donne la vie, il la reprend et il n'a pas de comptes à rendre. On aura compris que, dans cette perspective, la tyrannie de la critique, qu'elle soit journalistique ou universitaire, n'est qu'une vue de l'esprit.

Le cas échéant, seuls comptent les pairs, les proches, maman.

42

Il fut écroué à la Santé. Matricule F 121. On lui retira sa montre. Quand on le priva également de cigarettes, il ne sut plus comment rythmer son quotidien et perdit pour de bon la notion du temps. Il se souvint alors que deux cigarettes équivalaient à la durée d'un cours de syntaxe latine.

43

Il reçut la visite d'un psychiatre, expert assermenté chargé d'un rapport médico-psychologique sur son état de santé mentale.

Le docteur Yves Roumajon se présenta. Pendant leur entretien, il nota sur son carnet : « Qualités intellectuelles remarquables... niveau culturel assez exceptionnel... pensée large et non dogmatique... naïvetés stupéfiantes... inadaptation aux tâches pratiques... sexualité associée au péché mortel... mysticisme étroit... s'amuse de la mondanité politique et diplomatique des cocktails à laquelle il a pris goût mais sans se prendre au sérieux... se passionne pour la vie de couloirs et de coulisses, les intrigues de palais... idéaliste porté par le sentiment de sa propre puissance... haute idée de lui-même et de ses pouvoirs cachés... »

Il semblait bien disposé à son endroit. Ses hochements de tête étaient rassurants. La complexité du sujet ne lui échappait pas. Mais Pâques se demandait ce qu'il pouvait bien comprendre au rôle essentiel qu'il avait joué auprès des Russes en leur apprenant que s'ils persistaient dans leur désir de conclure une paix séparée avec la République démocratique allemande, ils risquaient de s'attirer une riposte avec des armes tactiques atomiques. Cela valait bien de prendre quelques risques, quitte à moralement sortir des rails, non?

Non. Car la compréhension du psychiatre s'arrêtait là. Pâques, qui avait appris à Normale à lire discrètement à l'envers, releva le mot qu'il écrivit alors : « orgueilleux ». Comme si c'était un crime! Mais à la nature des questions qu'il posait, il apparaissait que, pour l'aliéniste, l'hypertrophie de cet orgueil agissait en compensation à une sexualité inhibée. Le sujet retrouvait dans l'un la puissance qu'il pensait avoir perdue dans l'autre. Il conservait assez de sens critique pour avoir compris très tôt, dès le début de sa carrière, que son manque de combativité ne lui permettrait pas d'accéder à une carrière de ministre telle que ses capacités l'y autorisaient; aussi a-t-il dévié son ambition dans le versant souterrain, sombre et occulte de l'exercice du pouvoir politique.

Le rapport conclut à une tendance mégalomaniaque mais sans construction délirante. Rassurant en somme. Georges Pâques n'était pas malade. Il était juste sensible au sourd attrait de ce qui n'est pas.

44

On ne dira jamais assez à quel point la prison n'est pas toujours un châtiment pour les intellectuels. Pas tous mais nombre d'entre eux. Non que tout le malheur des hommes vienne d'une seule chose, qui est de ne pas savoir rester au repos, dans une chambre —

Pascal n'aurait pas eu le cynisme de destiner cette pensée aux cloîtrés involontaires. Mais on connaît tous des lettrés qui ont parcouru le monde à la recherche de la paix et de la félicité et ne les ont trouvées qu'en lisant un livre assis sous un arbre. Et s'ils relèvent de l'espèce de ceux qui ne peuvent s'empêcher d'écrire une fois qu'ils ont lu, on comprend qu'il leur est de pire sanction que d'être isolés dans une cellule pour expier leur faute et payer leur dette à la société. Quelques condamnés de l'épuration l'ont reconnu. Jacques Benoist-Méchin par exemple, qui se révéla un talentueux biographe passionné d'Arabies lors de ses années passées à la centrale de Clairvaux.

Dès son incarcération, au tout début, alors qu'il avait du mal à faire un paquet de ses affaires, Pâques avait entendu un gardien s'apitoyer : « C'est un intellectuel ! Il faut l'aider. »

Lui ne voulait d'autre aide que matérialisée par des livres et des cigarettes.

45

Le souvenir des temps heureux l'entraînait dans une mélancolie plus douloureuse que la distance qui le séparait d'eux. C'est peu dire qu'il avait conscience de ses fautes passées. Il les ruminait nuit et jour. Aussi redoutait-il la première visite de sa femme, Viviana.

La nouvelle de son arrestation l'avait stupéfiée. Sur le moment, elle refusa d'y croire, préférant attendre la confirmation de la bouche même de leur avocat. Plus elle cherchait à distinguer ce qu'avaient pu être ses mobiles, plus elle retombait sur la seule hypothèse possible, la seule concevable : une volonté irrépressible, peut-être naïve, certainement idéaliste, d'éviter la guerre. Il ne pouvait en être autrement. Un pacifiste dans l'âme, voilà ce qu'il était. Jamais il n'avait été question de Russes à la maison. Et encore moins de communisme. Ni même de politique. La disparition de Maurice Thorez l'avait laissé indifférent : qui traite directement avec les patrons ne s'intéresse guère aux employés. C'est à peine s'il s'était inquiété une fois devant elle du sort que le Kremlin allait réserver aux minorités musulmanes de son empire. À ses yeux d'épouse, il demeurait un catholique pratiquant. Algérie française ? Certes, mais hostile à l'OAS et aux putschistes d'Alger.

Au parloir, elle se montra d'une dignité admirable, ne réclamant pas un seul mot d'explication, épousant jusqu'aux moindres humiliations éprouvées par son mari. Ils se retrouvaient, plus soudés que jamais par l'adversité. Le seul reproche formulé l'était réciproquement, chacun ne se pardonnant pas d'avoir conservé trop longtemps et trop largement un jardin secret.

Jamais elle ne renonça à le faire libérer.

Il lui disait la vie à l'intérieur, elle lui disait le monde à l'extérieur. Ils se parlèrent ainsi à travers le grillage deux demi-heures par semaine durant des centaines de semaines.

Longtemps après, Sorj Chalandon publiera *Retour à Killybegs*, éclat de mémoire par lequel l'écrivain se glisse dans la peau de ce Tyrone Meehan, héros de la résistance irlandaise et haut activiste de l'IRA, dont on finira par apprendre qu'il travaillait en réalité pour les services spéciaux anglais. Faut-il être décharmé de son pays pour en arriver là.

Son épître dédicatoire, censée selon l'usage tout éclairer des profondeurs du récit, eût troublé Viviana Pâques : « À ceux qui ont aimé un traître. »

46

De sa cellule, Pâques pouvait apercevoir dans l'immeuble qui lui faisait face la silhouette décharnée et le profil d'aigle d'un homme qui avait payé une moquette à ses voisins du dessus pour n'être pas dérangé par le bruit de leurs pas ; il avait fait installer un téléphone permettant de passer des appels mais non d'en recevoir afin que jamais une sonnerie ne retentisse chez lui ; mais le spectacle et le bruit des détenus dans la cour ne le dérangeaient pas. Un certain Samuel Beckett.

Georges Pâques aurait préféré voir Dieu. Toutes ses tentatives pour accéder à la présence divine se révélèrent infructueuses. Pas le moindre signe. Jusqu'à ce que s'échappe de ses lèvres *Et habitavit in nobis.* Alors il sentit le Tout-Puissant en lui.

« C'était exaltant et doux », se souvint-il.

Comme une bouffée d'enfance, un moment de Chalon. Que Dieu était grand quand nous étions petits ! Il n'avait accès qu'aux Évangiles et au Livre des Psaumes. Rien d'autre à lire. Un jour, en lui apportant sa pitance, le gardien lui passa en douce un morceau de magazine. Ainsi apprit-il la mort de Georges Braque. Son art lui était si étranger, hâtivement renvoyé avec tout ce qu'il reléguait du côté de l'« abstraction », qu'il ne comprit pas vraiment pourquoi on lui rendait de tels honneurs.

À plusieurs reprises, il fut extrait de la maison d'arrêt pour être conduit au fort de l'Est, à Saint-Denis, afin d'y être interrogé par André Braunschweig, doyen des juges d'instruction de la Cour de sûreté de l'État. Il était assisté par Me Albert Naud, un ténor du barreau, selon la formule consacrée, mais elle allait bien à cet abolitionniste notoire, passé de la Résistance à la défense de Pierre Laval puis de Louis-Ferdinand Céline. L'avocat se fit fort de lui obtenir le bénéfice du régime politique. L'administration pénitentiaire fut saisie d'une requête. Pâques s'impatientait mais rien ne venait, ce qui l'agaçait d'autant plus que les honoraires de son défenseur lui paraissaient bien excessifs. Un mois après, il se présenta devant le juge accompagné cette fois d'un jeune pénaliste, Me Henri Leclerc. Celui-ci ne tint pas longtemps et fut remplacé par un ancien de la France libre, Me Charles Verny.

Le juge d'instruction avait déjà son idée : la cupidité guidait le traître. Soit il était un menteur des plus habiles dans le maquillage de ses comptes, soit il était fou. Le magistrat hésitait manifestement sur la nature du saint auquel se vouer : un comptable ou un psychiatre? Une fois écartée l'idéologie, puisqu'il paraissait acquis que Pâques n'était pas communiste, il n'envisageait pas de troisième hypothèse, le cas d'école ne s'étant jamais présenté.

Paris-Match publia les photos. Notamment celles où l'on voyait Pâques participer à des réunions de l'OTAN. Avec en gros caractères cette légende inénarrable : « L'espion dans l'exercice de ses fonctions ». Sur d'autres clichés, généreusement étalés sur des doubles pages, on le découvrait à la table de conférences de l'organisation atlantique à Paris, enfouissant dans sa poche des bouts de papiers qui ne pouvaient être, pour le magazine, que des notes mises à l'abri aussitôt après avoir été écrites : « Pour les escamoter, il avait l'agilité d'un prestidigitateur. » Car il fallait que cet homme fût hors du commun. Un espion ne saurait être ordinaire. Le public ne pardonnerait pas qu'il ne correspondît point au mythe. Les images récupérées aux archives de l'organisation n'en étaient pas moins frappantes ; Pâques y apparaissait à peine en retrait lors de l'assemblée générale à Ottawa, tout près des ténors de la diplomatie, Dean Rusk, Robert McNamara, lord Home.

47

L'instruction s'avéra instructive — ce qui ne va pas toujours de soi. Elle ne permit pas vraiment d'éclairer la faille en lui, mais tout au moins d'en cerner les contours. En recoupant les témoignages, à l'issue du défilé des collègues et supérieurs, le magistrat vit sourdre touche après touche le portrait d'un fils en vénération devant sa vieille mère et d'un père en admiration devant sa fille, mais pas d'un mari. Un homme brillant et sympathique, doté d'une vaste culture, d'une intelligence remarquable et d'une mémoire exceptionnelle. Bon vivant amateur de viande et d'alcools. Une faconde de conteur et de mélomane épicurien et humaniste. Un esthète porté au scepticisme, affichant une attitude de dilettante, paresseux autoproclamé d'un commerce agréable, faisant preuve d'une impressionnante faculté d'adaptation. Un intellectuel bien intégré au milieu militaire mais complexé par son statut social au point de ne jamais évoquer la profession de son père. Un nationaliste, catholique pratiquant professant des idées de droite, républicain d'un patriotisme ombrageux, Algérie française sans guère de doute. Le colonel Casso, qui fut son chef de 1958 à 1961, se souvint même : « Au lendemain du putsch d'Alger, je l'ai vu fondre en larmes et perdre son *self-control* à la lecture des faits d'armes du 1er REP. » Un vrai talent de comédien multipliant les masques, alternant les rôles en s'appuyant sur un large registre.

Mais il apparaissait aussi comme un haut fonctionnaire faisant preuve d'une incompatibilité profonde entre son caractère sceptique et la mission de la division « Information ». Capable d'une grande puissance de dénigrement jusqu'à saisir sa victime dans son vice profond évoqué sans détour et la cisailler implacablement. Critiquant systématiquement des hommes et des institutions. Traquant le geste vénal et l'intérêt suspect. Découvrant toujours le projet caché de placer une petite amie ou un grand camarade à l'origine de toute nomination. Il semblait en représentation permanente, habité par la rancœur et l'orgueil, exprimant une vraie fragilité morale.

48

Pour lui comme pour tout autre, il me manquera toujours de n'avoir pu inspecter sa bibliothèque. À la fois le plus fidèle et le plus traître des autoportraits, tant il nous révèle aux yeux de l'étranger de passage. Pas pu ou pas su, tant j'étais accaparé par ses archives. Passé à côté alors que chez tant d'autres j'effectue de manière quasi naturelle, de mémoire, un relevé policier systématique des titres, des auteurs et parfois des éditions — et les jours fastes, quand l'intéressé s'attarde au téléphone, des dédicaces. Une faute professionnelle que cet oubli. D'autant que la bibliothèque était là, à portée de la main, pas vraiment dorée sur tranches, bien amortie et patinée, jaunie et cornée comme je les aime.

J'ai la conviction qu'il a lu en son temps, c'est-à-dire en 1938, date à laquelle Gallimard l'a publié et le jury de l'Interallié l'a couronné, *La conspiration*, roman de Paul Nizan. On y voyait de jeunes normaliens de la fin des années vingt, bouillants révolutionnaires insatisfaits d'avoir seulement créé une revue pour hâter le Grand Soir, se radicaliser en basculant dans l'espionnage.

Pure fiction, cela va de soi.

49

Sur les photos, Viviana Pâques portait foulard et lunettes de soleil. Non pour ajouter du mystère au mystère mais pour se protéger de la curiosité publique tout en se prêtant à un contre-feu en défense de son mari. Une quinzaine de jours avant le début du procès, elle tint donc une conférence de presse organisée par son avocat. Sa manière de désamorcer la bombe pour en faire un pétard mouillé. Lourde tâche car le dossier était loin d'être vide, comme disent à l'accoutumée les avocats. Mais Mme Pâques avait pour elle d'évoluer en dehors de monde-là, et de bien d'autres, d'ailleurs. Elle était alors chargée de recherches au CNRS, spécialiste des civilisations sahariennes.

Les journalistes vinrent nombreux. En cherchant bien, on aurait remarqué que tous les services d'une rédaction étaient représentés hormis les sports, peut-être. L'un de leurs patrons mythiques ne disait-il pas qu'un fait divers a du génie lorsqu'on peut célébrer les noces du familier et du remarquable ? Précisément, on y était.

« Mon mari n'a pu être mû par un sentiment vil ou bas. L'accusation de trahison est un reproche purement formel. »

Voire. Qu'avait-elle réellement su de sa double vie durant toutes ces années ? En principe, rien. On a du mal à le croire mais c'est ainsi. Des experts surgirent de l'ombre pour témoigner que ce n'était pas exceptionnel dans ce monde-là. On parla étanchéité, cloisonnement, isolation.

Pâques l'avait totalement disculpée. Mise hors de cause par l'accusé, elle l'était également par l'opinion.

Ethnologue au musée de l'Homme, les gens l'imaginaient entre Nambikwaras du Mato Grosso et Argonautes du Pacifique occidental. Loin, très loin de la guerre froide.

Elle consentit à s'exprimer face aux micros et caméras pour faire résonner une autre vérité sur un homme auquel on attribuait des sincérités successives. Sa franchise ne faisait guère de doute ; il avait si bien compartimenté ses vies qu'elle ne s'était jamais douté de rien ; pas de conversation politique entre eux mais une parfaite complicité spirituelle comme on en trouve entre deux chrétiens pratiquants ; l'ardeur qu'elle mit à le défendre n'en suscitait que davantage l'admiration. Rien n'est respectable comme une femme qui défend son mari quand elle n'a elle-même rien à se reprocher. Rien sinon sa propre naïveté ? Allez savoir... À ses yeux, il était un pacifiste soucieux de dissuader le Kremlin de se radicaliser ; il ne leur livrait pas des secrets militaires, il les informait des limites à ne pas dépasser, nuance...

« Mais les documents livrés aux Russes, madame Pâques ?

— C'est ce que j'appelle une attitude en flèche. Et puis c'étaient des secrets de Polichinelle.

— Des informations militaires, non ?

— Il n'appartenait à aucun réseau, à aucune antenne, et se contentait de parler politique avec des conseillers d'ambassade.

— Mais pourquoi aurait-il agi clandestinement si ces documents étaient de peu d'intérêt ?

— Pour la forme. L'Armée refuse de rendre publics ces documents pour ne pas avoir à reconnaître publiquement que ces papiers n'ont guère de caractère confidentiel.

— Et ses rétributions, madame Pâques ? Il a tout de même été payé par les Russes, même si les sommes n'étaient pas énormes ?

— Il devait l'accepter pour donner du poids à ses informations. L'eût-il refusé, ils ne leur auraient pas accordé de crédit. Les Russes sont comme ça. Nous n'avions pas besoin de cet argent.

— Mais si ces documents étaient si anodins, comment pouvaient-ils lui permettre de jouer le rôle considérable auquel il aspirait ?

— Considérable, dites-vous ?

— Tout de même, madame Pâques : empêcher que la guerre froide ne dégénère en guerre nucléaire entre les deux blocs... »

La contradiction impose parfois le silence ; et là, les journalistes eurent la délicatesse de ne pas insister afin de ne pas acculer une femme qui ne cherchait qu'à sauver la tête de son mari. Mais, *in fine*, celui de *Carrefour* eut une formule bien balancée : « À la griserie de la puissance il ajoutait le raffinement de la mystification. »

Sans appel. On était encore à la veille du procès. Viviana Pâques trouva les mots pour annoncer :

« Plus sa peine sera lourde, plus de Gaulle voudra marquer ses distances avec un homme guidé par les mêmes mobiles que lui. N'oubliez pas qu'en 1945 il avait conclu un traité d'amitié avec l'Union soviétique... »

Rien de moins. Entendez : l'un et l'autre ne sont mus que par le seul souci de la France, sa souveraineté, sa grandeur. Une certaine presse ne tarda pas à qualifier cette profession de foi neutraliste de soviéto-gaulliste. On aura compris que, du point de vue de sa femme, la Justice lui faisait des mauvaises manières et que le contre-espionnage lui cherchait une méchante querelle. Elle précisa aux journalistes qu'il aimait son pays, sans guère de doute ; puis, après un instant de réflexion, elle ajouta :

« Cela paraît aberrant mais c'est comme ça. »

À l'écouter, on en aurait oublié que son mari avait accès à tous les documents de la division « Information » de l'État-major général de la Défense nationale, ainsi qu'aux salles d'opération dont celle baptisée « Live Oak » réservée aux accès de fièvre à Berlin. Il occupait un observatoire privilégié pour voir des documents secrets, anticiper les décisions gouvernementales, analyser l'ambiance.

L'avocat vola au secours de Viviana Pâques en assurant qu'il n'avait pas eu la volonté de nuire à son pays. On comprit qu'il plaiderait non coupable au sens du droit. Il en fallait davantage pour balayer la persistance des questions. L'article 72 du code pénal étant alors dans les esprits, il vaut d'être reproduit. Pour la forme, disons.

> « Sera coupable de trahison et puni de mort tout Français qui :
>
> 1° Livrera à une puissance étrangère ou à ses agents, sous quelque forme et par quelque moyen que ce soit, un renseignement, objet, document ou procédé qui doit être tenu secret dans l'intérêt de la défense nationale ;
>
> 2° S'assurera, par quelque moyen que ce soit, la possession d'un tel renseignement, objet, document ou procédé en vue de le livrer à une puissance étrangère ou à ses agents ;
>
> 3° Détruira ou laissera détruire un tel renseignement, objet, document ou procédé en vue de favoriser une puissance étrangère. »

Un juriste dirait : tout le reste est littérature et vue de l'esprit. Peu avant l'arrestation de Pâques, une ordonnance avait modifié la loi en précisant que la peine capitale s'exécutait par fusillade. Une précision pour la forme.

50

Un journal de l'époque a rapporté quelque chose qui me trouble encore ; et comme c'est dans *L'Express* sous la plume de Jacques Derogy, que j'ai lu et connu, la source a toute ma confiance. Dans la chute à un long papier sur Pâques, il le citait : « J'ai beaucoup péché, avait-il confié un jour à une amie, mais j'ai trouvé un moyen d'expiation absolument inédit. »

Des mois que je transporte partout ce dernier mot. Qu'est-ce qu'il a bien pu vouloir dire par là ? Je l'ignore encore et je ne suis pas près de m'en détacher ; cela n'occupera peut-être pas le territoire de mes rêves jusqu'à la consommation des siècles, mais presque. Ce soir, j'ai l'esprit si barbouillé que j'en confondrais Spinoza et Hispano-Suiza.

51

Assis à sa petite table en bois coincée dans un angle de sa cellule, plein d'un rare sentiment d'unité, comme s'il avait enfin résolu le conflit qui le minait entre réel et réalité de surface, il disposa devant lui deux doubles pages quadrillées arrachées à un cahier d'écolier à spirale, commença par inscrire la date du lundi 2 mars 1964 et écrivit une lettre à son juge. Un long plaidoyer *pro domo*. Mais encore ? Il s'inquiétait de ce que le magistrat instructeur puisse quitter le terrain de l'idéologie, si tant est que le pacifisme en soit une, pour glisser vers celui autrement infamant de la vénalité. Mais il n'y avait pas que cela. Il voulait surtout l'informer de ce qu'un accord avait été passé entre lui et la DST et qu'il n'avait pas été respecté.

Courbé sur sa table, il finit par remplir l'intégralité des deux doubles pages. Faiblement éclairée par la lampe, la silhouette de Georges Pâques ressemblait à celle d'un héros de Simenon. Celui de *Lettre à mon juge.*

52

Il passa un an à la Santé à attendre son procès.

Division 4, celle des aliénés. Une année suspendue, comme détaché de soi en spectateur du provisoire, à attendre dans un endroit où il n'avait plus que l'écho pour seul ami. Un miroir lui aurait renvoyé un visage couleur de boue. Le réel du dehors lui parvenait opacifié. En prison, sa mélancolie macérait faute de gargouille pour la laisser s'écouler à l'extérieur.

Deux médecins-chefs de l'hôpital psychiatrique de Villejuif l'examinèrent. Les docteurs Boitelle et Lafon en vinrent à peu près aux mêmes conclusions que leur collègue Roumajon un an auparavant : « Affable, parle volontiers... intelligence abstraite... tendance à un idéalisme assez naïf... conscience assez médiocre des réalités... orgueil assez extraordinaire caché sous une bonhomie souriante... on pourrait presque parler chez lui de mégalomanie... reconnaît s'être pris pour un chef de gouvernement... estime avoir réussi dans la mesure où la guerre n'a pas éclaté, preuve que sa mission était utile... catholique plus moral que métaphysique... hantise du péché focalisé sur la question sexuelle... aucune tendance obsessionnelle... émotivité bien contrôlée, ni impulsivité ni irascibilité... ce qui lui a été le plus pénible : garder le secret... pas de tendance paranoïaque... par conséquent, n'étant pas un traître "professionnel", il n'est pas à ce titre spécialement dangereux, il est donc en principe accessible à une sanction pénale et éminemment réadaptable. »

53

À sa fille, âgée de huit ans, on raconta que papa était en voyage en Amérique. Ce qui ne l'empêcha pas de dramatiser, comme si elle pressentait quelque chose de grave :

« C'est lui qui a tué Kennedy? »

Puisque le juge voulut bien accorder quelque assouplissement à sa détention, il se risqua à lui demander une ultime faveur : voir sa fille dans un parloir rapproché. Comme les prisonniers politiques. Il voulait lui éviter le traumatisme d'une conversation à travers un grillage. Rien ne lui importait désormais comme de la prendre dans ses bras. Le juge lui accorda cette grâce au-delà de son espérance en lui permettant de s'entretenir avec elle dans son bureau. Il ne se méfiait pas de lui ; après tout, ils étaient du même monde.

Pâques rencontra donc sa fille adorée comme s'il faisait escale à Paris. Il avait l'intention de lui dire la vérité mais renonça lorsqu'il la sentit encore si naïve. Était-ce au catéchisme qu'on lui avait appris à refouler ses larmes, sa peine, et à pleurer à l'intérieur, comme il sied aux gens dignes en toutes circonstances ? Sinon, il eût été un masque d'ironie posé sur un visage ruisselant de larmes.

Le juge justifia ces douze mois d'instruction par la complexité de l'affaire, la nécessité de creuser la faille à travers les défauts, et le flou entourant les mobiles de l'accusé. Qu'est-ce qui le gouvernait une fois défaits les nœuds de la gratitude ?

Il est vrai qu'à la veille de la première audience, encore, il n'était pas question d'orgueil. Tout juste de vanité. Plus qu'une nuance, même s'ils sont souvent abusivement associés. Dans le premier cas, on se veut, irrésistiblement et solitairement, au-dessus des autres, dans l'absolu mépris de ce qu'ils en penseront ; dans le second, on recherche leur approbation ; Bergson y voyait d'ailleurs une forme d'humilité car ce besoin d'éloges trouve toujours sa source dans l'incertitude sur soi.

Le jour où son avocat lui annonça qu'il bénéficierait du régime politique, il reçut enfin des livres et un poste de radio. En écoutant les informations, il apprit que le procureur avait l'intention de demander la peine maximale. Il n'est pas très courant d'apprendre la nouvelle de sa mort prochaine par la radio.

La lecture des journaux l'accablait — et les hymnes à la gloire d'Éric Tabarly, vainqueur de la Transat à la barre de son *Pen Duick II*, n'y étaient pour rien ; il ne supportait pas d'y être traité d'« espion » ou, pis encore, de « traître ». Un terme à l'affreuse sonorité, à vous faire tomber vos dents de sagesse, jugé particulièrement infamant, réaction qui attestait que Georges Pâques savait encore distinguer le bien du mal, au cas où l'on en aurait douté. Que risque-t-on quand on a agi en conscience ? On risque moins, en principe. Il se répétait que les juges comprendraient, comme d'autres avaient longtemps répété que l'Allemagne paierait. Comme un leitmotiv enivrant qui déconnecte du réel par son seul ressassement.

Dans un premier temps, M. Pancot, le procureur général, obtint le huis clos. On justifia la chose en invoquant la nécessité de conserver leur secret à des papiers qui n'auraient jamais dû quitter les coffres où ils étaient enfermés. Il fut dit qu'en réalité c'était autant pour empêcher les Américains d'avoir accès au dossier que pour interdire à Pâques de renouveler publiquement l'analogie entre ce que l'opinion tenait pour un acte de trahison et la ligne politique du général de Gaulle. Mais le Général n'était-il pas aussi l'homme qui préférait offrir aux Français des mensonges qui les élèvent plutôt que des vérités qui les abaissent ?

À quelques jours de la première audience, on parlait encore de procès fantôme. Et pour cause : à la demande de Pierre Messmer, le ministre des Armées, celui-là même qui avait recommandé Pâques pour entrer à l'État-major de la Défense nationale, les pièces ne furent pas communiquées au dossier. La Cour — trois militaires dont le général de division Barlier, ainsi que deux magistrats, M. Leyris, nouveau président de la Cour de sûreté, et le conseiller permanent Romerio — de même que l'avocat général André Caron, et Me Charles Verny, durent se contenter de quelques documents parmi les moins sensibles et de la confession écrite de Pâques à la DST. Dérisoire vu l'enjeu.

« Une justice secrète ! »

Nombre de magistrats alimentaient cette rumeur ; on les sentait prêts à monter au créneau pour dénoncer le scandale. Aussi, pour le désamorcer, il fut décidé *in extremis* que le ministère public ne formulerait de demande de huis clos que très partiellement.

54

Dès le stade de l'instruction, il savait qu'il ne pourrait compter ni sur les militaires ni sur les politiques. Que sur les journalistes et les intellectuels. Ceux-là ne lui réserveraient ni haine, ni indifférence, ni lâchetés ordinaires.

Parmi les témoins appelés à comparaître, il en fut un qui se distingua d'emblée avant même le début du procès. Maurice Clavel. Ils s'étaient connus rue d'Ulm en 1938 et s'étaient aussitôt liés d'amitié même s'ils ne se voyaient pas tous les jours. Il appréciait en Pâques l'étrange puissance de paix qu'il dégageait et apportait à leur petit groupe d'anciens élèves de l'École. Sans qu'il soit nécessairement question de pacifisme, il apparaissait comme un chrétien pacifique. « L'humilité même... » Comme tant d'autres Français pris dans la tourmente de la guerre, les deux hommes se perdirent de vue après le 11 novembre 1942 et se retrouvèrent après la Libération. Maurice Clavel lui donna même un coup de main lors de son équipée électorale du côté de Chalon, le temps d'y admirer son calme dans l'agitation. Plus tard, leurs chemins politiques se séparèrent, l'un adoptant la tangente du gaullisme pur tandis que l'autre s'arc-boutait sur l'Algérie française.

Déjà très myope, aussi brillant que brouillon, dramaturge raté mais philosophe accompli, Maurice Clavel s'était mal remis de sa rupture avec la comédienne Sylvia Monfort. Pas encore catholique, il avait trouvé sa voie dans le journalisme de *Combat* tout en enseignant au lycée Buffon. Il se montrait toujours prompt à dénoncer l'inacceptable en obéissant à sa conscience et sans le moindre calcul de carrière, qu'il s'agisse de l'invasion soviétique de la Hongrie ou de la torture en Algérie.

Tel était l'homme qui, le premier du premier cercle de Georges Pâques, monta au créneau à la veille de son procès. Au *Monde*, qui la publia, il adressa une lettre dénonçant le voile de secret jeté sur la procédure :

> « Si l'on demande : pourquoi la non-communication des pièces, seules données possibles de jugement ? On nous répond : un usage. Si l'on demande : à qui leur divulgation pourrait-elle profiter ? Au Bikbachi, à Mme Nhu, au Grand Turc ? On ne répond pas. L'armée. Je veux dire les spécialistes d'un état-major militaire berné par un civil, que dis-je, un normalien, vont réduire un des hauts appareils de notre justice au rôle d'une de ces machines qui, mues par un jeton, délivrent un ticket. Les juges se résigneront-ils à juger comme on chante dans le noir, comme on avance coûte que coûte dans un mois sombre, comme on égorge en ces mêmes lieux ? J'espère, je compte que non. Ils verront vite qu'ils ont à connaître une âme. »

Le ton était donné. Nul ne douta alors qu'une fois à la barre, ce témoin saurait dire que l'amour de la patrie a aussi ses hérétiques et son Église invisible.

55

Il m'arrive parfois de me réveiller en pleine nuit et de me demander ce qu'il lui a pris de s'inscrire en

1956 aux Langues'O à seule fin d'y apprendre le turc. Impossible ensuite de retrouver le sommeil. Je songe alors à tous les Fernand Raynaud de ce pays qui commentent en pareille circonstance : et pendant ce temps-là, moi, je doooors...

56

À la veille de la première audience, son avocat lui avait confirmé ce que racontaient les journaux : l'avocat général réclamerait sa tête. Sans conviction mais sans ambiguïté. Cette perspective rendit l'accusé nerveux, sans plus. Il se préparait à la mort, ce qui ne l'empêchait pas de se passionner pour chacune des étapes du Tour de France.

... Roule, roule, train du malheur
Dans la plaine assombrie
Roule à toute vapeur
D'un élan de folie
Les paysans, saisis, te voyant
Tout seul fendant l'espace
Se signent en priant
Et la terreur les glace!
Des heureux voyageurs on entend les refrains
Suivant son terrible destin
C'est le train du malheur qui passe.

57

Son procès s'ouvrit le 6 juillet 1964 devant la toute neuve Cour de sûreté de l'État à Paris, soit près d'un an après son arrestation. La chambre permanente de jugement avait pris ses quartiers à la 17e chambre du tribunal de grande instance de Paris. L'audience étant publique, on ouvrit les portes. Il était 13h35 quand l'accusé se présenta comme prévu. Sauf qu'il était seul. Son avocat arriva avec dix minutes de retard, ce qui ne plaida pas en sa faveur.

Georges Pâques était calme, serein, à l'aise dans son uniforme gris de haut fonctionnaire inoxydable. Ne le lui aurait-on interdit, il aurait apporté son cartable en cuir noir légèrement élimé.

Il fut procédé à l'appel des témoins. Les présents furent priés de se retirer pour être confinés à l'isolement dans une pièce à côté. Les absents, quant à eux, avaient tous une excuse : le capitaine de corvette Jean Biansan était injoignable pour cause de navigation en mer, André Monteil empêché, ainsi que Jacques Eustache, André Moynet, d'Iberville-Fortier... Puis Me Verny déposa ses conclusions.

« En l'état du dossier, les poursuites sont juridiquement irrecevables. Il n'y a pratiquement pas eu d'information préparatoire. Aucune charge matérielle contre mon client jusqu'à son arrestation. Les services de police ont alors obtenu de lui un aveu.

— Sous quelle forme, Maître ?

— Un ecclésiastique appellerait cela une confession. Et un juriste, un mémoire. »

Il reprit, sous une forme moins lyrique, la philippique de Maurice Clavel contre le secret maintenu sur les documents accusateurs par le Quai d'Orsay, le ministère des Armées et l'OTAN. Il interpella le tribunal :

« Si vous n'avez pas les documents incriminés, comment pouvez-vous juger ? Les procès de Moscou, qu'était-ce d'autre que des aveux plus un avis technique ?

— Maître, sachez que la Cour ne se contentera pas des avis techniques des ministères, rétorqua l'avocat général. Elle pourra apprécier la valeur de cet avis à la lumière des éléments du dossier et du débat.

— Et s'ils ne sont pas convaincants ?

— Le doute bénéficiera à l'accusé. »

La demande de renvoi n'était qu'une mise en jambes, prolongée par une formalité, l'interrogatoire de *curriculum vitae*. On allait enfin passer aux choses sérieuses.

L'accusé s'en tenant à sa stratégie (un homme ordinaire dans une situation ordinaire), le président Leyris l'entreprit assez rapidement sur le terrain du bon sens.

« Dans ce cas, pourquoi avoir toujours maintenu

leur caractère clandestin à ces contacts dès l'après-guerre ?

— Il n'était pas très facile à un chef de cabinet de se faire voir avec un diplomate soviétique. On avait déjà évolué. »

Il n'employait jamais le mot de « renseignements » car, pour lui, il ne s'agissait que de conversations. Une certaine manière de refaire le monde dans l'ombre des Grands sans aller jusqu'à s'inviter à leur table. Uniquement dans leurs coulisses, ce qui était déjà beaucoup et tellement plus grisant.

Bien droit sur son banc, Pâques ne s'énervait pas. Sa patience en étonnait plus d'un. Son ton aussi. Celui d'un conférencier ironique. Par moments, on se serait cru à « Connaissance du monde », un dimanche après-midi pluvieux à la salle Pleyel, quand le délicieux Marcel Isy-Schwart glissait un mot d'esprit dans le récit de ses expéditions en Amazonie. Lui objectait-on qu'il s'agissait de documents portant le tampon « Secret », « Très secret », « Cosmic » ou simplement « Confidentiel », qu'il haussait les épaules :

« En fait, tout le monde pouvait les connaître, alors...

— Quel intérêt dans ce cas ?

— Disons qu'ils étaient assez difficiles à trouver.

— Ah, fit le président, un rien sarcastique. Et un dossier sur la préparation d'un conseil des ministres, c'était secret ?

— Oui et non. Les dossiers portent le timbre “Secret” mais seulement pour les pièces qu’ils contiennent.

— Mais aviez-vous conscience de leur rendre service ?

— Certainement.

— Mais dans quel but ?

— Leur montrer le fonctionnement de la machine française.

— Et vous avez agi pareillement avec une étude sur la surveillance du contre-espionnage en France...

— Pardon, Monsieur le Président. Là, je n’ai pas remis le document !

— Vous en avez dévoilé le contenu.

— En gros, concéda Pâques du bout des lèvres. Il faut prendre en compte le rythme d’une conversation. J’avais des références en tête pour appuyer mes arguments.

— Et pour autant, vous ne vous considériez pas comme un agent de renseignements ?

— Non. »

Un curieux ayant pénétré dans la salle d’audience sans rien connaître de l’affaire eût aussitôt conclu au cynisme de l’accusé. Or sa complexité le tirait vers des rivages bien plus sombres.

Pendant la première audience, qui dura tout de même une dizaine d’heures, Pâques épata les chroniqueurs judiciaires, au premier rang desquels Jean-Marc Théolleyre du *Monde*, qui tint fidèlement registre des pointes et reparties ; ils en avaient pourtant connu d'autres et des plus coriaces ; ils n'en furent pas moins stupéfaits par sa placidité, son flegme, son humour, son piquant, sa douceur, sa courtoisie mondaine et, pour tout dire, son aisance habituelle. On ne le sentait pas rongé par le long, l'empoisonnant, l'implacable remords, vieil ennemi de tant de consciences. À l'observer, on ne le croyait pas dans un tribunal à affronter ses juges tels des élans leurs bois intriqués, mais dans l'arrière-salle d'un restaurant de quartier à recevoir ses amis. N'y avait-il donc jamais eu en lui un autre homme en colère contre lui ?

Tel qu'en lui-même, son procès le fixait au lieu de le défaire. Tout prêt à pardonner toutes les offenses, non par charité chrétienne mais parce que les conflits lui faisaient horreur. Il ne se rendait peut-être pas compte que c'était de lui qu'il s'agissait. Comme si un autre que lui était jugé, assis tout à côté sur le banc en bois, parfaitement dédoublé, un moi en observant un autre. Il ne se prenait *sincèrement* pas pour l'espion qu'il fut ; d'ailleurs, comme l'un de ses supérieurs, le colonel Casso, en témoigna, il tenait l'agent de renseignements idéal pour un chef ou un directeur de cabinet du Premier ministre ou du Président, à Matignon ou à l'Élysée donc, là où aboutit tout le renseignement et où s'élaborent les décisions, le reste n'étant que « de l'espionnage au rabais ».

Eût-il tout perdu dans le déballage public de sa double vie, Georges Pâques n'en eût pas moins conservé son sourire si Pâques, ni niais ni pervers, à mi-chemin. Désarmant. Se souvenait-il seulement qu'à la sortie il risquait sa tête ?

L'échange entre le président Leyris et l'accusé perdit en urbanité à mesure que l'on avançait dans la carrière du haut fonctionnaire, au gré de ses promotions. Car avec son entrée à l'État-major de la Défense nationale puis à l'OTAN, il « sortait » le document chaque fois que son interlocuteur manifestait son intérêt. Son vrai débat intérieur, son déchirant cas de conscience, il le connut lorsqu'il entra à l'État-major de la Défense nationale ; car c'est à ce moment-là que les documents relevaient véritablement du secret ; avant cette époque, il pouvait toujours se reprocher un péché d'orgueil qui serait sanctionné comme une faute disciplinaire s'il venait un jour à être découvert ; mais désormais, ce n'était plus possible ; les Russes ne seraient pas les seuls à le considérer comme un espion au service du KGB : les Français aussi.

« Nous entrons là dans une activité un peu spéciale dont la gravité ne peut vous échapper...

— J'ai cru que cela était nécessaire pour la conduite de la politique que je croyais bonne. »

La piste vénale vint tardivement sur le tapis. C'est peu dire qu'elle était attendue. Il fut question d'une certaine Kolinka (forcément, avec un nom pareil) qui lui versait une somme régulièrement. Fausse piste : elle louait sa chambre de bonne.

« Si j'avais refusé tout argent, les Soviétiques se seraient demandé : "Il n'est pas communiste, il n'est pas un agent, alors que vient-il faire ?" Ils m'auraient évincé. Je ne voulais pas rompre le contact. Je voulais poursuivre les négociations. »

Il n'avait que ce mot à la bouche : négocier. Le grand négociateur qui ne s'autorisait que de lui-même, l'homme que son ombre avait investi de la haute mission de maintenir l'équilibre entre l'Est et l'Ouest, c'était lui.

Rien d'un illuminé. Juste un individu qui avait une certaine idée de lui-même sans se douter que ce manque d'humilité pouvait être passible de la peine de mort.

De l'argent, donc. Un million de francs en tout, ce qui n'est pas considérable. En tout cas pas suffisant, sur une telle durée, pour parler sérieusement de vénalité. Tout de même, lorsqu'on est rémunéré, même faiblement, c'est bien que l'on émarge comme agent de renseignements...

« Il ne m'est jamais apparu que cette rémunération fût une rémunération. »

Chaque fois qu'un dialogue de sourds s'instaurait, et qu'il était confronté à l'inventaire des dégâts, sa réponse fusait, toute prête :

« Je croyais vraiment travailler pour quelque chose

d'extrêmement important pour moi qui est la cause de la paix. »

Non qu'il eût réponse à tout : il s'était de longue date enfermé dans une logique qui conditionnait naturellement ses réflexes. Son jugement était faux, mais on peut se tromper de manière intelligente. C'était bien là tout le problème de Georges Pâques. Ainsi, lorsque le président du tribunal lui fit observer qu'il était dangereux pour la France de communiquer un document sur la défense interalliée et la politique américaine en Afrique :

« Il me semblait plus dangereux de risquer une erreur d'interprétation entre nos deux pays que de ne rien faire. »

Fermez le ban.

Des collègues de bureau à l'OTAN se souvinrent qu'en août 1962, ses services « Action psychologique » et « Information » ayant été amputés de leur première fonction au moment de la transformation de l'État-major en secrétariat général, il passa à l'incinérateur nombre de documents de la division « Renseignements ». À moins qu'il ne les ait sortis... En tout cas il, fait ça en août, seul à son bureau, ce dont beaucoup peuvent témoigner mais que nul ne peut attester, et pour cause.

La perplexité se lisait sur les visages. La naïveté d'un tel homme ne pouvait être que feinte. On le sentait prêt à expliquer qu'en réalité, le Renseignement était une arme de paix. Même si les gazettes satiriques daubaient comme de juste sur les délires, la déconnexion du réel, l'irresponsabilité et l'immaturité souvent prêtés aux intellectuels, Georges Pâques était trop intelligent pour n'être pas un faux naïf. Il rusait avec son auditoire, il ne pouvait en être autrement. Comment comprendre sinon le ton anodin avec lequel il révéla sans ciller l'influence décisive de son agent traitant de l'époque, le conseiller d'ambassade Vlassov, sur son choix de carrière au moment de quitter l'État-major de la Défense nationale :

« Je lui ai dit que j'avais alors trois possibilités : une chaire à l'université de Fribourg, un poste à l'ambassade de Rome comme détaché auprès du SDECE, le contre-espionnage français, et puis l'OTAN. Vlassov a été déçu de mon départ de l'État-major. Mais il m'a déconseillé le SDECE, qui ne correspondait pas à mon tempérament selon lui. En revanche, il m'a conseillé l'OTAN. »

Un étudiant en fin de parcours, sollicitant auprès de son père un conseil sur son orientation professionnelle, ne se fût pas exprimé autrement.

Il n'en démordait pas : jamais il ne se livra à une activité qui pouvait être jugée comme un travail d'espionnage. Comment la qualifier alors ? Un travail politique sérieux. Le tribunal lui rappela la lettre à sa femme dans laquelle il proposait que le Kremlin l'échange contre un agent français détenu dans ses geôles.

« Je ne me considérais pas comme un agent, mais il est possible que les Russes m'aient tenu pour tel », répondit-il.

On eût volontiers parié qu'à Normale sup' il était passé maître en sophisme. Au vrai, l'aplomb avec lequel il assurait que même les sites d'implantation des radars de l'OTAN en Turquie étaient faciles à trouver, à la portée du premier curieux venu, décourageait l'interrogatoire.

La nuit venait de tomber sur Paris. Dans la salle d'audience, cela ne se devinait pas seulement aux lueurs du jour qui filtraient de plus en plus faiblement à travers les carreaux, mais aux visages et aux voix des protagonistes de la comédie judiciaire. Vers 21 h 30, les journalistes et le public furent priés de se retirer une bonne heure durant afin de laisser place à un huis clos. Les témoins de l'accusation purent déposer à l'abri des oreilles indiscrètes, et Pâques put être questionné sur le fameux document « Nato secret » de 1958 transmis entre le 13 et le 30 juillet.

« Vous pouvez nous éclairer ?

— Il prévoyait trois échelons : d'abord l'envoi d'un groupe militaire de petite valeur qui devait revenir s'il était arrêté au barrage. Puis un deuxième échelon devait se présenter et tenter de s'ouvrir le chemin par la force. Après l'ouverture du jeu, le bataillon devait se retirer et une division devait alors se présenter, telle qu'elles sont en Allemagne, mais avec son équipement atomique...

— Mais quelle était la réalité de ce plan ?

— Je me la suis fait confirmer. Cela signifiait que si les Russes ouvraient le feu, l'Occident était décidé à ne pas reculer devant la guerre. J'ai préparé une note pour les Soviétiques. Je les ai mis en garde. Ils m'ont dit ne pouvoir me croire sur parole. Je n'ai trouvé que ce document...

— Secret..., fit remarquer en passant le président.

— Il ne donnait que le principe de l'opération. Je suis certain que mon intervention a fait changer les Russes car, peu après, Khrouchtchev a modifié son attitude...

— Pas d'autre explication à son revirement ?

— Franchement, je n'en vois pas. Mais ce n'étaient que des projets et des méthodes d'action ! Ce texte ne présentait pas d'intérêt... Le document Fallex 62, sur les plans d'urgence, la coordination des transmissions, les concepts de seuil et de pause, est plus intéressant. Il me paraissait important de faire savoir aux Soviétiques l'idée que nous nous faisions de leurs intentions d'agression. Il me paraissait nécessaire de leur faire savoir que l'OTAN n'avait pas d'intention agressive. »

Un peu comme un ambassadeur, au fond.

Puis les chroniqueurs furent admis à regagner leur box, et le public ses bancs, afin d'écouter les deux seules personnalités autorisées. Deux responsables de la DST : le commissaire Guillaudeau et le divisionnaire Chalet. Le premier révéla que Georges Pâques avait été mouillé en 1957, l'année de la bataille d'Alger, comme intermédiaire dans une affaire de trafic de fusils de chasse à destination de Français réunis en groupes d'autodéfense en Kabylie, et que son rôle d'intermédiaire lui aurait rapporté une commission de 1 200 000 anciens francs ; le second crut utile de préciser que les diplomates avec lesquels Pâques aimait tant entrer en conversation étaient tous des officiers des services spéciaux soviétiques.

« Évidemment, je l'ignorais, réagit l'accusé. Mais je dois dire que, pour certains, cela me surprend car ça ne me paraît pas coller avec leur caractère. »

L'avocat général M. Caron, que l'on eût dit chu d'une gravure de Daumier avec sa boule à zéro, revint à la charge :

« Pourquoi, puisque depuis 1959 les Russes exigeaient désormais de vous non plus seulement des commentaires et des notes d'ambiance, mais des documents et des photocopies que vous ne saviez pas faire, pourquoi ce soin à toujours renouer le contact ?

— Parce que je voyais les résultats ! Je vous l'ai montré tout à l'heure, pendant le huis clos, au sujet de Berlin. »

À ce moment-là, nul ne comprit de quoi il retournait car nul ne pouvait comprendre, et pour cause :

l'affaire des plans de défense de Berlin-Ouest établis par l'OTAN pendant la crise de 1961, révélant la stratégie des Alliés en cas de conflit avec les Soviétiques (provocation du « feu », opérations aériennes, riposte atomique), avait été évoquée à huis clos.

« Vous savez, il s'est passé des choses pendant cette crise. On a frôlé le pire entre le moment où Khrouchtchev a déclaré "Il faut passer la camisole de force aux agresseurs" et celui où il a reconnu que la question de Berlin devait être arbitrée par l'Histoire et non par la guerre... Les Russes ont compris que cette fois-ci les Alliés ne bluffaient pas. Parce que celui qui le leur a démontré n'était pas un fonctionnaire exécutant les ordres de son gouvernement, exprimant ainsi sa place dans le grand poker mondial, mais un ami, qui agissait seul et qui, pour cette raison, pouvait inspirer confiance. J'ai évité aux deux camps un cataclysme atomique... »

Était-ce à cause de l'air entendu avec lequel l'accusé s'était exprimé, ce petit air ironique et supérieur de celui qui en sait bien plus que ce qu'il en dit ? Toujours est-il que le magistrat perdit son calme :

« Mais enfin, au moins du point de vue de la discipline professionnelle, vous étiez coupable, non ?

— C'est évident, concéda-t-il. Mais c'était assez important pour que j'accepte de me salir un peu les mains. Je ne pouvais agir dans le cadre de mes fonctions : il fallait bien agir en franc-tireur. Je n'ai jamais dit que je possédais la vérité mais que j'espérais la posséder.

— Pourtant, vous saviez quels risques vous couriez? »

Un silence. Il se fit songeur, sérieux, grave. Le comédien allait retirer son masque, qui n'était pas celui d'un traître de comédie. Comme s'il se rappelait soudain que leur pressentiment du danger frappait de folie les prophètes de jadis.

« J'avais depuis l'enfance la passion de servir la paix.

— Oui, mais les risques, Monsieur Pâques?

— Si je réussissais, je sauvais la France. Je reconnais que, sur le plan de la probité professionnelle pure, j'ai eu un comportement anormal. Que j'ai agi légèrement, sans aucun doute.

— Et si vous échouiez? insista l'avocat général.

— J'ai pris le risque pour moi; pour le pays, j'ai pris un risque mineur. La preuve : il ne s'est rien passé. »

Chacun traduisit : il n'y a pas eu de guerre.

« Sans vous non plus, il ne se serait rien passé. »

Enfin piqué au vif, il leva les bras au ciel :

« Qu'en savez-vous! Mais qu'en savez-vous! »

Au lieu de perdre son calme, il eût mieux fait de s'abriter derrière un mot de Gandhi en vertu duquel celui qui voit un problème et ne fait rien fait partie du problème.

Alors l'avocat général lui asséna le coup de grâce, avec un rien de mépris, mais pas davantage, car il savait que cette vérité-là, qui n'a pas besoin d'être soulignée, ne serait pas contestée :

« Vous êtes d'un orgueil démesuré. »

On était enfin dans l'œil du cyclone.

Soudain, l'événement dans son épaisseur parut bien aléatoire. Nul n'essaya de savoir si Georges Pâques était sincère ou s'il se moquait du monde. Tous semblaient exténués. L'horloge marquait quelques minutes au-delà de minuit. Demain serait un autre jour. En attendant, une fois ramené à sa cellule, le *Te Deum* le hanta toute la nuit.

58

Au second jour des audiences, un reporter de l'agence Agip le photographia en plongée au moment de sa sortie du fourgon, à l'instant même où il pénétrait dans la cour de la souricière du palais de justice. Des têtes, des uniformes et des silhouettes vus de haut. Les gendarmes semblaient aussi débonnaires que l'accusé.

Le premier jour, il était encore tout sourire, plein d'une sorte de fierté. Parfaitement, un sentiment de cet ordre, car il avait vécu comme une consécration la pleine lumière sur ses activités occultes au profit de la paix dans le monde. Cela faisait tout de même vingt ans que son bonheur, sa réussite et son empire étaient par nature invisibles et qu'il ne pouvait en jouir qu'à l'intérieur et sans témoin. Le masque tomba dès l'ouverture des portes le lendemain à 13 heures; le dissimulateur était livide car il allait devoir affronter des réalités dans toute leur crudité. Une illusion s'effondrait : il ne pouvait plus se croire l'artisan et l'acteur de son propre destin.

Si on devait lui demander : Êtes-vous un traître?, il espérait avoir suffisamment le sens de la repartie pour répondre : Non, au contraire. Ou assez de cran pour s'abriter derrière Marc, 13, 11 : « Et quand on vous emmènera pour vous livrer, ne vous préoccupez pas de ce que vous direz, mais dites ce qui vous sera donné sur le moment, car ce n'est pas vous qui parlerez, mais l'Esprit-Saint. » Ce qui eût été osé en cette enceinte et eût certainement modifié le cours des débats.

Dès la reprise, de nombreux doutes subsistaient mais une conviction générale paraissait établie : la thèse du dossier fantôme s'était effondrée. Même en tenant compte de ce que certaines pièces avaient été confinées dans le plus grand secret, protégées par l'opacité du huis clos, ce qui avait été dit, confirmé, produit suffisait à accabler l'accusé. D'autant qu'il était lui-même l'auteur de la liste des documents qu'il avait « empruntés » pour les communiquer au KGB.

L'expert Malafosse et l'antiquaire Champion, premiers témoins convoqués ce jour-là, n'étaient que des hors-d'œuvre. L'un lui avait vendu ses appartements, l'autre ses meubles. On passa rapidement.

Les motivations et les mobiles, voilà de quoi il allait s'agir à présent, sans que jamais on ne pût reprocher au tribunal de verser dans le procès d'intention. Par un paradoxe des plus inattendus, ceux qui se montrèrent les plus perplexes quant à l'attitude de l'accusé furent ceux qui le connaissaient le mieux et depuis le plus longtemps. Ses condisciples, ses amis, ses proches. Sans préjuger des délibérations à venir, les autres s'étaient déjà fait leur religion sur le cas Pâques.

Ses condisciples de la promotion 1935, date de son année d'entrée à l'École, ainsi que certains camarades d'études plus jeunes ou plus âgés, il n'avait jamais cessé de les fréquenter.

La Cour de sûreté de l'État se métamorphosa alors en annexe de la rue d'Ulm. Un défilé d'anciens. Une fraternelle en marche. Un édifiant cas d'espèce sur la solidarité dans les élites de la République. À croire que la défense avait prévu un normalien pour chaque étape de sa vie et chacune des facettes de sa personnalité.

Il y eut d'abord les philosophes.

À la barre, plus encore que dans son papier du *Monde*, Maurice Clavel ébranla les juges en évoquant les confidences que lui faisait l'accusé lors de leurs déjeuners rituels en tête à tête dans l'un ou l'autre ministère où il officiait. Rien de secret. À peine une émeute d'impressions et de sentiments qui tous manifestaient son souci de la France. Le ton du philosophe était marqué du sceau de la sincérité ; pour enflammé qu'il fût, il touchait au cœur à défaut de s'adresser à la raison :

« Il constatait la perte du sens de la patrie, du respect de l'État. Pourquoi me dire cela à moi qui n'étais rien ? Disons qu'il se libérait dans la confidence de beaucoup de douleur nationale. Et je me disais : "Que fait-il ?" N'a-t-il pas autre chose dans sa vie qui lui donne un absolu ? »

Et Maurice Clavel de reconnaître qu'il ne comprit qu'en apprenant par la presse la nouvelle de son arrestation. Il avait une raison de vivre cachée ; elle était certes aberrante, mais elle lui donnait l'illusion de compenser toutes les médiocrités : la sienne propre et celle des milieux où il frayait. Sa solitude engendra une angoisse qui le mena à l'égarement. CQFD.

Quand il fut appelé à la barre, le pétillant Corse Jean-Toussaint Desanti, maître de la philosophie des mathématiques, s'en tint à la clé du patriotisme : « Un patriotisme charnel, sans abstraction. Il a pensé qu'il pouvait jouer le rôle d'un pacificateur, d'un médiateur. Je crois que sa place l'a rendu sensible au danger d'une guerre thermonucléaire. Je ne vois pas d'autre explication. »

Pierre Boutang lui succéda à la barre. Intellectuel

aussi vif que franc-tireur, d'une intelligence et d'une culture impressionnantes, ce maurrassien absolu, qui avait traîné ses guêtres au secrétariat d'État à l'Instruction publique, avait convaincu leur ami Maurice Clavel de le rejoindre à Vichy avant que celui-ci ne bascule dès 1942 dans la Résistance. Boutang, qui tentait déjà d'articuler monarchie et christianisme, retrouva Pâques à Alger en 1943 dans le sillage de Giraud ; collaborateur de la tribune royaliste *Aspects de la France*, critique dramatique au *Bulletin de Paris*, il fut de l'équipe fondatrice de *La Nation française*, qui souvent déborda de Gaulle sur sa droite jusques et y compris dans le soutien à l'Algérie française. Voilà pour les présentations :

« Je trouvais assurément que le pacifisme de Georges Pâques, c'était la gauche, l'adversaire. Mais finalement, je me suis demandé si ça ne pouvait pas être une forme de nationalisme pur. »

Boutang, qui se déclara nationaliste et vichys comme d'autres se disent contribuables et mobilisables, rappela le choc qui fut le leur lorsque, à Alger, ils découvrirent, derrière les mensonges de la propagande, que les gens de Washington n'avaient de cesse de vassaliser les Français :

« Je comprends d'autant mieux quelle a pu être la réaction de Georges Pâques, celle d'un pacifiste rallié à la patrie. Il a été bouleversé par les formes de l'imperium américain. »

Quant à la thèse de la vénalité, lui non plus n'en croyait pas un mot :

« C'est ridicule pour ceux qui le connaissent. Alors, je crois à une imprudence et à une grande tentation de l'accomplir. »

Clavel et Boutang : des frères pour celui qui n'en avait pas. De ces témoins-là, il aurait pu attendre une correction fraternelle selon Matthieu pour se laver de ses péchés. Pas seulement l'orgueil, mais la trahison. Ne dit-on pas qu'il suffirait d'appliquer un regard plus acéré sur les saints pour réévaluer les fautes des parias ?

Après les philosophes, la barre vit défiler les journalistes.

Paul Peronnet, de la Radiodiffusion, vint évoquer l'atmosphère à Alger vers 1943 et témoigner de ce que les Soviétiques y étaient célébrés à l'égal de glorieux alliés et de vaillants combattants de la libération du joug hitlérien :

« Le climat était alors à l'antiaméricanisme forcené. Il était tentant de chercher une compensation du côté des gens de l'Est. »

Puis il s'attarda sur la personnalité de l'accusé, sur le mode Moi qui l'ai bien connu dans sa jeunesse, laissez-moi vous dire que... :

« Le cynisme, c'est l'extérieur. C'était un garçon à la recherche d'une unité intérieure. Il était sujet à des crises épouvantables. Il pouvait vivre sur des plans différents et même se transférer sur le plan du rêve. »

Certes, certes.

Un autre journaliste, Jacques Legris, ne dit rien d'autre :

« Ses idées religieuses le poussaient à être très exigeant avec lui-même. Il a pu se produire que dans les cabinets ministériels il ait été choqué par le manque de hauteur de vue des gens qu'il voyait. »

Un troisième confrère, Raymond Thévenin, traça le portrait d'un nationaliste qui se mit au service d'hommes de droite, doublé d'un pacifiste :

« J'ai toujours retenu, derrière sa façade, sa rigueur intellectuelle. Alors l'ambition ? Peut-être l'orgueil d'un homme intelligent, orgueilleux de son intelligence, de sa puissance dans l'art de convaincre ? Quand on tient à une vérité par-dessus tout, on peut être amené à un manquement. »

Retenu à l'étranger par les nécessités d'un reportage, Yvan Audouard tint tout de même à apporter son témoignage à son ami. Le président lut sa lettre. Il en ressortait que si Pâques se plaisait effectivement à la fréquentation du pouvoir, il le faisait à la manière de La Bruyère : en spectateur plus qu'en acteur, en tout cas jamais en courtisan soucieux de son avancement. Il incarnait à ses yeux le meilleur de l'esprit normalien ; et cela, il en était convaincu depuis le début de leur amitié à l'âge de dix-huit ans, lorsqu'il assista à son oral d'entrée : « Il a été interrogé en philosophie sur "la tolérance" et il a eu les félicitations du jury », argument qui n'eut pas l'air d'ébranler le tribunal.

Enfin, un professeur de mathématiques à Louis-le-Grand, du nom de Casanova, qui l'avait connu en 1937 dans les couloirs de l'École, vint apporter une touche psychologique qui manquait au portrait et ouvrait des perspectives inédites :

« L'erreur coupable de Georges Pâques a été de confondre la fin et les moyens ; c'est une attitude assez fréquente qui se rencontre surtout chez les extrémistes politiques. Le paradoxe est de la trouver ici chez un pacifiste absolu et homme aussi réfractaire, par tempérament, à tout engagement politique déterminé. »

Ne manquaient à l'appel que le Toulousain Pierre-Georges Castex, professeur de la littérature moderne à la Sorbonne et spécialiste du XIXe siècle ; le Martiniquais Aimé Césaire, cofondateur du journal *L'Étudiant noir*, où apparaît pour la première fois le mot de « négritude », poète, écrivain et député-maire de Fort-de-France ; Jean Doise, officier de réserve du service d'État-major et spécialiste d'histoire militaire ; enfin le diplomate Jean Sauvagnargues, déjà ambassadeur. Eussent-ils pu être là, la photo de classe eût été complète et l'on aurait encore mieux vu à quel point ils faisaient bloc pour défendre l'un des leurs.

L'informelle amicale des normaliens ou la bande de Pâques : un cas d'école. L'esprit de corps élevé au rang d'un des beaux-arts. Eux au moins n'auraient pas à affronter le dilemme d'E. M. Forster, lequel espérait que, s'il avait à choisir entre trahir ses amis et trahir sa patrie, il aurait le courage d'adopter la seconde solution. La société n'a pas fini de méditer sur le danger que représente l'excès d'hommes éduqués en son sein. Que dire alors lorsque s'y mêle l'amertume née du sentiment du déclassement ?

Certains ne s'étaient jamais perdus de vue depuis l'époque où ils allaient à l'Athénée s'enthousiasmer pour Louis Jouvet, divin mendiant et génial metteur en scène de l'*Électre* de Giraudoux. Des catholiques y côtoyaient des agnostiques, des communistes s'y mêlaient à des anticommunistes. Contrairement aux apparences, cette fraternité sans travaux de maçonnerie ne tenait pas lieu de couverture à Georges Pâques. Il était sincèrement et profondément ce qu'ils étaient. Une émeute de contradictions.

Aucun d'entre eux ne croyait à sa culpabilité.

Kim Philby aussi, ses camarades de Westminster School, ceux de Trinity College à Cambridge et ceux du Foreign Office, ne croyaient pas à la sienne. Lui, un traître ? *Come on!* Pas lui, pas un des nôtres. Admettre sa trahison revenait à reconnaître celle de leur génération, de leur classe sociale, de leur milieu. Beaucoup l'ont défendu jusqu'au bout non sur la base de contre-preuves mais sur la seule base de leur intime conviction. Et quand les dossiers sont sortis, une fois sa culpabilité établie, ils ont refusé de croire que sa défection ait pu entraîner la mort d'agents britanniques, par lui grillés ou dénoncés, et, partant, suicidés ou exécutés.

Et les autres témoins de Pâques ? Autant les oublier. L'ancien ministre Édouard Ramonet ne fit le déplacement que pour jurer ses grands dieux qu'en son ministère jamais Georges Pâques n'eut accès aux secrets industriels de la Défense nationale. Au moins s'était-il déplacé. Un autre, haut placé dans les affaires de la Défense nationale, devait expliquer à la barre que les secrets de Pâques n'en étaient pas vraiment. Mais, le jour dit, il partit en vacances sans même s'excuser de sa défection.

Un portrait en mosaïque commençait à se dessiner à travers les témoignages des amis qui resserraient les rangs. Un type réellement pacifiste, sincèrement nationaliste et charnellement patriote. Mais ses camarades sentaient bien qu'ils ne tiendraient pas longtemps face au tribunal dans le registre du jovial amateur de bonne chair. Pour contrecarrer l'image de l'orgueilleux criminel, avant même que soit brandie au-dessus de sa tête l'épée de la trahison, il fallait agiter quelque chose d'aussi fort et d'aussi profond mais qui fût tout aussi vrai. Le chrétien ? Cela n'y suffirait pas. D'autant que le mépris qu'il manifestait à l'endroit de ses supérieurs comme de ses manipulateurs, jugés également médiocres et donc inférieurs à lui, manquait d'esprit charitable. Il était l'orgueilleux selon Théophraste en ses *Caractères*, celui qui a mépris de tout sauf de soi-même. Ce ne pouvait donc être qu'une exigence de chrétien supérieur : le mystique. De ceux qui s'investissent de la responsabilité de l'Homme devant Dieu.

À écouter ses témoins, on se disait que si Georges Pâques gagnait à être connu, il y gagnait en mystère, lequel demeurait inentamé. Il y avait quelque chose en lui d'un animal inconsolable et gai.

Il vécut comme un calvaire le réquisitoire de l'avocat général Caron. Comment l'implacable ne serait-il pas douloureux? Soudain on ne jouait plus. La vérité cessait de se dérober à mesure que se précisait une chute sans grandeur.

À ses yeux, si Georges Pâques s'était bien fait instrumentaliser par les services de renseignements soviétiques, il ne s'en était pas moins prêté à la manipulation. Il n'avait rien d'un intellectuel idéaliste et tout d'un responsable maître de ses actes. Le magistrat énuméra, longuement et en détail, chacune des pièces transmises par l'agent à ses supérieurs d'une puissance étrangère, soucieux de pointer une évolution dans la dangerosité de sa collaboration. Manière de balayer la thèse des secrets de Polichinelle. Il n'eut même pas à interpréter ou solliciter les faits ; il lui suffisait de reprendre les propos, les lettres, la confession de l'accusé pour l'accabler.

Juste assez pour évaluer sereinement le préjudice. L'action de Pâques avait tout de même permis aux services soviétiques de disposer d'une partie importante des secrets et des plans de défense de la France et de ses alliés. D'évaluer pleinement les doctrines et la politique fondamentale des pays de l'OTAN en matière de défense, d'en mesurer les faiblesses et de bénéficier d'une position de force telle que l'avantage acquis. En cas de tension ou de conflit, on imagine les conséquences. Inutile de préciser qu'il fallut réviser tous les plans de défense de la France et de l'OTAN.

Malin, l'avocat général ne le condamna pas en bloc. Il se montra compréhensif pour son sentiment anti-américain. Convint que le témoignage des amis l'avait ému. Admit que des intellectuels de cette trempe pussent agir par naïveté. Accepta même l'idée que son pacifisme, sincère et passionné, l'ait égaré. Et puis...

« Vous avez aussi un certain orgueil. Comment un simple fonctionnaire peut-il croire qu'à lui seul il va infléchir une politique comme celle de l'Union soviétique, alors qu'on la sait construite sur toute une idéologie ? »

L'orgueil, on y revenait toujours. Avec la perte progressive du bon sens, et l'aveuglement par l'ambition et l'amour-propre. Rien qui permette de lui trouver des circonstances atténuantes. De son orgueil, il semblait s'être fait une carapace propre ; elle le faisait passer pour un homme en acier trempé :

« Nous avons un homme intelligent, un haut fonctionnaire, une action réfléchie, délibérée. Idéologie ou intérêt personnel, peu importe, car je crois qu'il y a en cette matière plus à craindre de l'idéologie que de l'intérêt personnel. La peine de mort est prévue par la loi. C'est celle que, tristement, mais d'une façon délibérée et consciente, je vous demande d'appliquer. »

Ce fut comme si un poids venait de s'abattre sur Georges Pâques assis à son banc et l'y maintenait parfaitement immobile. Le poids de la présence du monde soudain révélé. Figé en statue de sel, il ne pouvait même pas remuer les lèvres. Juste laisser sa chanson l'envahir :

Tiens, la chose est vraiment bizarre
On devait s'arrêter ici !
Le train brûle encore une gare
Ah, ça, que veut dire ceci ?
Alors du train maudit, une clameur s'élève
On entend des sanglots et des cris de déments
Chacun revoit sa vie dans un rapide rêve
Puis c'est le choc, le feu, les appels déchirants...

Sonné, il ne reprit ses esprits que lorsque Me Verny s'avança à la barre. Pour arracher les circonstances atténuantes, celui-ci ne pouvait qu'invoquer le pacifisme de la génération baptisée en 1914 et la passion exclusive de la nation française. Il le fit sans en rajouter, mais sans en retrancher. Un exercice des plus délicats. Au moindre faux pas dans un sens ou dans l'autre, il eût provoqué des rires ou des éclats de voix qui eussent terni sa conviction. Elle n'aurait pas suffi à faire passer des actes de trahison pour un « dialogue », ainsi qu'il s'essaya à qualifier la chose. Il dédramatisa :

« Dire que la diplomatie soviétique est en elle-même un service de renseignements, c'est aller un peu vite. Tout le monde sait que les conseillers d'ambassade renseignent leurs gouvernements. Mais tout le monde sait aussi qu'ils sont choisis pour leurs qualités politiques et non pour leurs capacités policières. »

Ce qui était aller un peu vite dans le sens inverse.

L'avocat avait beau présenter comme éminemment publics des documents selon lui abusivement évoqués comme secrets, il dut convenir que trois d'entre eux au moins relevaient du plus strict « Confidentiel défense » : le rapport sur les implantations de radars en Turquie, une étude établie dans la division « Renseignements » sur le Moyen-Orient et surtout le document sur Berlin : l'ensemble des contre-mesures envisagées par les Alliés dans les domaines terrestre, maritime, aérien, psychologique, économique en cas d'action soviétique bloquant la ville et l'autoroute permettant d'y accéder, les horaires des opérations et les effectifs engagés. Autant de détails très précis et concrets permettant à chacun de se faire facilement une idée des dégâts. Dans ces conditions, quelles circonstances atténuantes ?

« Il y a peut-être de l'orgueil, mais on retrouve surtout cette jubilation de l'ancien normalien qu'il est resté de tenir une conférence au sommet permanente. Il a eu des scrupules, il s'est interrogé, il s'est aperçu de son infraction disciplinaire mais il a cru devoir persévérer. »

Le plaideur eût-il voulu élever la litote au rang d'un des beaux-arts qu'il ne s'y serait pas pris autrement. Après le dialogue, l'infraction disciplinaire... Il fallait oser. Et Me Verny de conclure :

« Pensez-vous que cet homme soit irrécupérable et qu'il ne lui reste d'autre tâche dans la société que de se présenter devant un peloton d'exécution ? Rarement un homme fut plus complexe : orgueil, non ; modestie, non bien sûr ; générosité, oui bien sûr. Il se retrouve une constante : son grand amour de la paix et de la France, et cela, je pense, c'est une circonstance atténuante. Dans ce procès, Georges Pâques a été le seul témoin à sa charge. Il a le droit d'être cru. »

Son avocat le fut plus ou moins, contrairement à l'accusé. Les chroniqueurs parqués dans le box de la presse jugèrent sa plaidoirie fouillée et argumentée. Du solide, pas de l'esbroufe. Drôle d'atmosphère que Christian Hébert, l'envoyé de *France-Observateur*, releva : « Ce mélange d'hermine sur pourpre, d'officiers généraux surdécorés, de la crasse des chambres correctionnelles et du destin du monde, cela vous faisait passer un frisson dans l'échine. N'empêche. Retrancher à jamais un homme de la société pour des "négociations", même mégalomaniaques, avec des Russes, au moment de la détente américano-soviétique, c'est étrange. »

La tension maintenue durant ces deux journées d'audience avait exténué Pâques. N'eût-il pas déjà avoué le jour de son arrestation qu'il l'eût fait cette fois dans la hâte de libérer enfin sa conscience. Ce qu'il fit tout de même comme si un peu de sa faute, sa très grande faute, était restée enfouie dans les plis de l'âme et qu'il devait impérativement s'en débarrasser pour ne pas risquer que sa vie spirituelle en fût entachée. Alors il trouva des accents pathétiques, à moins que ceux-ci ne lui vinssent naturellement.

« Je ne nie pas ma responsabilité. Je vous supplie de me croire quand je dis avoir agi dans l'intérêt de la France. Je ne suis pas un agent soviétique : je ne suis pas marxiste. J'ai été poussé par mon sentiment du devoir religieux et moral. J'ai même pensé au sacrifice suprême dans l'intérêt de la France. Si j'ai eu tort à vos yeux, décidez. Mais je crois que les efforts tentés pour sauver des hommes ne méritent pas le peloton d'exécution. »

L'image de la fusillade avait beaucoup servi durant ces deux journées d'audience. Comme si ce spectre d'une violence infamante était particulièrement incongru pour un civil. Celui-ci prit enfin conscience de la gravité de l'affaire lorsque se précisa la perspective de la mort, ce qui était effectivement beaucoup pour un chargé de mission qui s'était cru chargé d'une mission.

Le procès s'achevait. C'est à peine si le nom du docteur Imek Bernstein avait été prononcé.

Le président se retira dans la chambre des délibérations, sous bonne escorte de ses conseillers. Pendant ce temps, assis entre deux gendarmes, Pâques essayait de prier, malgré la bienveillance inopportune des collaboratrices de son avocat qui s'employaient à le distraire. À leurs visages, il comprit qu'il ne lui restait plus qu'à palper les parois avant de s'enfoncer dans la forêt sombre. L'adresse des *Fleurs du mal* revint l'envahir : « Nos péchés sont têtus, nos repentirs sont lâches ; / Nous nous faisons payer grassement nos aveux, / et nous rentrons gaiement dans le chemin bourbeux, / Croyant par de vils pleurs laver toutes nos taches. »

Il priait en dedans en remuant à peine les lèvres,

tout en sachant que c'est sur les prières exaucées qu'on verse le plus de larmes. Son destin fut scellé en une heure et vingt minutes. Le verdict fut rendu tard dans la soirée.

« À la question : "Pâques, Georges, est-il coupable d'avoir à Paris, de l'année 1955 au mois d'août 1963, en tout cas sur le territoire français et depuis moins de dix ans, étant de nationalité française, livré à une puissance étrangère, en l'espèce l'URSS, ou à ses agents, sous quelque forme que ce soit, des renseignements et des documents qui devaient être tenus secrets dans l'intérêt de la défense nationale ?"

La réponse est : "Oui, à la majorité des voix." »

Il marqua une pause pour se racler discrètement la gorge, avant de reprendre :

« À la question : « Existe-t-il des circonstances atténuantes en faveur de Pâques, Georges ?"

La réponse est : "Oui, à la majorité." »

Coupable de trahison, Georges Pâques fut condamné à la *détention* criminelle à perpétuité par une belle journée du début juillet 1964. Pour faire bonne mesure, l'un n'allant pas sans l'autre, il fut rayé de l'ordre de la Légion d'honneur et condamné aux dépens envers l'État, liquidés à la somme de 253,29 francs non compris droit de poste de 40 francs.

Dextera Domini fecit virtutem, dextera Domini exaltavit me.

Ce fut la joie dans le camp des siens. Il n'avait pas

seulement échappé à la mort mais à la *réclusion* criminelle à perpétuité, peine de droit commun qui ne lui aurait pas permis d'écouter la radio, de lire les journaux ou de recevoir sa famille. Il avait été traité comme nombre de responsables du putsch d'Alger.

Lui paraissait apaisé. On percevait à peine son filet de voix, plus de gorge que de lèvres. Un bonheur relatif et muet. Mais que sait-on d'un être lorsqu'on ignore de quoi sont faits ses rêves? Il allait désormais pouvoir parler avec l'autorité de l'échec, comme d'autres s'expriment avec celle du succès.

Sur le banc de la presse, où l'on avait à peine fini de commenter la victoire de Raymond Poulidor à l'étape du jour Toulouse-Luchon, la peine fut jugée lourde mais ne surprit pas les chroniqueurs habitués des juridictions d'exception, fortement dénoncées cette année-là par François Mitterrand dans *Le coup d'État permanent.* Chez les galonnés de la Cour, la morale du soldat l'avait emporté sur celle du juge : les intentions de l'accusé, si floues et incertaines, avaient été de peu de poids face aux conséquences de ses actes.

Ce jour-là, ceux qui quittèrent le prétoire en analysant l'affaire convinrent que Georges Pâques, sa logique, son éthique, ses mobiles, ses ressorts avaient gagné en mystère. Si, au prononcé du jugement, de battre son cœur s'était soudainement arrêté, il aurait emporté son secret avec lui.

59

Pâques n'est pas Kafka. N'empêche que l'œuvre de celui-ci a inspiré au poète Henri Michaux ces vers soufflés par le génie et qui viennent bien, ici et maintenant : « Âpre sanction envers celui dont la faute ne sera lavée que par une parole d'énigme — mystérieuse à proportion du mystère qui entoure la faute elle-même. »

60

De retour en prison, il se retrouva seul et démuni face à ses spectres, comme une ombre sans force, près de la chute à trop aimer frôler les ténèbres. Au réveil, il eut la surprise de découvrir un gâteau confectionné par ses camarades de détention. Un mot y était tracé à la crème fraîche : « Espoir ! » En le lui présentant, un gardien lui glissa à l'oreille :

« Tenez bon cinq ans et ça ira. »

Son geôlier lui avait montré sa main en écartant bien ses cinq doigts avant que la porte de sa cellule ne se referme lourdement et que le porte-clés ne fasse entendre sa musique.

Au cliquetis, il comprit qu'il se retrouvait enrôlé

contre son gré dans une armée des ombres. Ne lui restait plus qu'à espérer que la Grâce se substitue à la loi. En attendant, il se retira dans l'invisible, enfin convaincu que, sans la transcendance, sa vie ne valait rien. Lui que tout et tous désignaient comme une âme orgueilleuse, de celles qui obéissent à des silences plutôt qu'à des ordres, il aurait pu être comblé sur ce plan-là.

Désormais, il ne serait plus jamais seul de la même façon.

61

Les années passèrent. Un ennui massif, gluant, lourd en naquit qui l'écœura car il entraînait dans sa suite un sourd sentiment d'inutilité. Il ne souffrait pas ; il se disait plutôt bien traité ; mais il ne servait à rien.

Lui restait le voyage intérieur. Il le transportait inévitablement dans l'ancienne Italie, la plus chère à son cœur ; il l'avait tant arpentée qu'il croyait la connaître pierre par pierre. La nuit, les yeux grands fermés, il était dans la salle des Mères à Capoue. Il était en Campanie, sous l'arc de Trajan à Bénévent, occupé à déchiffrer les inscriptions à la gloire de César imperator. Il était assis à une terrasse romaine, lisant et savourant la langue de l'Arétin, de Giordano Bruno ou de Campanella.

Son avenir étant fantôme, jamais la Bible ne lui avait été un tel abri de fortune. Il quitta les feux de l'actualité pour l'ordinaire des jours. Il marcha comme un funambule sur le fil de la pensée du divin. La solitude du prisonnier lui fit prendre conscience de ce qui était éminence dans son paysage intérieur.

Le désir de Dieu ne l'avait jamais quitté. Durant ses vingt années dans le secret en plein jour, son rôle d'hypocrite lui était devenu de plus en plus pesant. Il lui était moralement impossible d'approcher des sacrements. Il ne trouvait plus la même résonance avec ses officiers traitants; il n'était plus le camarade avec lequel on travaille pour édifier un monde meilleur, mais un simple agent de renseignements; dès lors, ils se dérobaient, s'interdisant tout dialogue. Ainsi, coupé de la société à venir à laquelle il aspirait, et coupé de son propre monde, il ne lui restait plus que Dieu dont il lui était alors interdit de s'approcher. Le temps était venu de Le retrouver.

La clandestinité l'avait un peu éloigné de la pratique, mais elle n'avait jamais entamé sa foi; s'il ne connut pas de nuit de feu qui l'eût bouleversé, la détention le fit renouer avec les sacrements. Mais il eut beau le solliciter, le Christ ne revint pas le visiter en sa cellule comme auparavant dans son bureau. Une absence qui ne facilitait pas son action de grâces. L'aumônier l'y aida. Au début, ce ne fut pas chose aisée car il ne savait comment s'y prendre avec un « traître ». Mais du jour où le détenu lui fit comprendre qu'il était plus tourmenté par saint Paul que par Staline, une amitié naquit.

Sa vie spirituelle était gouvernée par la prière, la discipline du corps, le contrôle de la pensée. Plus ses lettres évoquaient la Grâce et la présence divine, moins il comprenait qu'on ait voulu lui infliger un tel châtiment alors qu'il n'avait jamais voulu que le bien des hommes.

Il mit à profit son isolement pour étudier à fond les Pères de l'Église. Jean Chrysostome, Athanase d'Alexandrie, Augustin d'Hippone, Grégoire de Nysse, Jérôme de Stridon. Il craignit de ne pas arriver à rejoindre ces moines exilés dans la règle ; puis, la prière aidant, il vit que le fossé n'était pas si large qui séparait les réguliers du siècle.

À la solitude de l'espion succédait celle du condamné. Sa réclusion lui donnait tout le temps pour tourner son regard en lui. Serait-il un jour capable comme d'autres de mettre sa vie derrière soi ? Il semblait aussi impuissant à mettre de l'ordre dans son passé qu'à imaginer son avenir. Il ne comptait que sur Dieu et sur sa famille. Eux seuls veillaient sur lui comme il veillait sur eux. Une nuit, il écouta la retransmission d'une pièce à la radio. L'*Électre* de Giraudoux avait enchanté ses jeunes années. Il sanglota pendant les scènes de l'attente du père par sa fille.

62

Un ami lui fit parvenir les *Essais* de Montaigne dans l'édition de la Pléiade. Sa relecture le déçut. Il y vit une hygiène plutôt qu'une morale. Une seule phrase lui resta : « Pourquoi crains-tu ton dernier jour ? Il ne confère non plus la mort que chacun des autres. Le dernier pas ne fait pas la lassitude : il la déclare. » Un autre ami lui envoya *La cousine Bette*, dont les contradictions factuelles lui sautèrent aux yeux, mais quelle importance en regard du génie de Balzac ?

On ignore ce que Georges Pâques lut d'autre derrière les barreaux mais on sait ce qu'il écrivit. Des traductions. Outre *Le petit prêtre de Calabre* de Don Luca Asprea, le théâtre de Pirandello plus mémorable. Le volume parut chez Denoël sous une triple signature : outre la sienne, on relevait celles de son ami le philosophe Maurice Clavel et de l'écrivain Michel Breitman, traducteur de Dino Buzzati. À chacun sa vérité.

De son premier cercle, Clavel, devenu profondément et exclusivement catholique après maintes aventures politiques, est celui qui ne le laissa jamais tomber. À plusieurs reprises, il s'employa à le réinsérer dans la société bien que son nom fût synonyme de « traître ». Les deux amis cosignèrent l'adaptation pour la télévision d'un drame de Pirandello, *Celle qu'on laisse passer*, l'un le traduisant de l'italien, l'autre en travaillant le temps et le rythme. À la communauté d'idées née durant leurs années étudiantes s'était substituée au fil du temps une consanguinité des âmes.

Pâques écrivit aussi un livre. Un vrai livre mais une chose assez curieuse qui ne relevait, à vrai dire, d'aucun genre sans pour autant en proposer un. Nul critique n'aurait su déceler de quels auteurs il trahissait la fréquentation. Disons une sorte de roman, si l'on considère qu'il ne suffit pas d'avoir le courage de vivre sa vie : encore faut-il avoir celui de l'imaginer.

Le texte se décomposait en deux parties distinctes. La première était codée (on ne se refait pas). Rarement un roman-à-clés aura été fourni avec le trousseau permettant d'ouvrir toutes les serrures tant l'allégorie est transparente. L'Éolie (l'Union soviétique), le Comité Bleu (l'OTAN), et le président du Conseil de la Frilande envoyé en exil puis rappelé, inculpé de trahison, à nouveau exilé mais cette fois à l'intérieur de lui-même pour y devenir un mystique... On dit qu'il n'y a pas de bataille perdue qui ne se regagne sur le papier. Sauf que là, c'était raté. Pâques fut meilleur espion qu'écrivain. La seconde partie était en clair, hélas. Un plaidoyer *pro domo* truffé de traductions de poèmes italiens. Il en ressortait qu'il n'avait pas travaillé pour les Russes mais contre les Américains.

À la première lecture, je n'en gardai qu'une phrase,

une seule en 280 pages. Elle se niche à la page 33, où l'on déconseille au narrateur de sortir du coffre-fort des documents secrets, relatifs à un renversement d'alliances, pour les photographier : « En cas de malheur, tu n'es qu'un vulgaire voleur. » Pas un traître : un voleur. Paul de Tarse était passé par là ; il est vrai que, question trahison, il parlait d'or. Enfin, c'est affaire de point de vue...

Après l'avoir laissé décanter quelque temps, je repris le livre et je fis mon miel de toutes sortes de détails. On y trouvait de beaux passages sur son père, scellés par cet aveu d'échec, poignant : « Si je sais vaguement quel homme il a été, j'ignorerai toujours celui qu'il aurait dû être. » C'est l'œuvre d'un homme intimement convaincu d'avoir le Christ en lui chaque fois qu'il prononce les mots de l'offertoire *ejus divinatis esse consortes qui humanitatis nostrae...* Il laissait même percer une thèse qui ne fut jamais creusée : à savoir qu'il ne s'était pas livré à des activités d'espionnage sans ordre et que le côté spectaculaire de son procès répondait à un motif d'intérêt supérieur. Est-ce à dire qu'il n'était que le maillon d'une chaîne, l'agent d'un réseau plus vaste dans lequel d'autres personnalités beaucoup plus connues auraient été compromises ? A-t-il payé pour d'autres au nom de la raison d'État ? Et comment être sûr que la publicité organisée autour de son procès ne trouvait pas sa source dans l'état des relations franco-américaines en 1963 ?...

Les questions ne seront pas posées.

Son livre n'épuisait pas toute sa réflexion sur l'obscurité de sa vie, mais il lui avait été indispensable à sa survie. Pâques l'avait écrit comme on cherche une issue de secours car il ne se voyait pas sculpter le silence à perpétuité. Il s'était sincèrement persuadé que de tous ses péchés, celui que les autres appelaient « trahison » était le plus léger.

... Flambe, flambe, train de la mort
Dans la plaine rougie
Tout se brise et se tord
Sous un vent de folie
Les petits enfants, leurs mamans
S'appellent dans les flammes
Les amoureux râlant
Réunissent leurs âmes
Pourquoi ces pleurs, ces cris, pourquoi ces orphelins
Pour un simple, un tout petit rien

63

En février 1968, le général de Gaulle, agissant en sa qualité de chef de l'État, réduisit sa peine. Elle fut ramenée à vingt années de détention. Le prisonnier lui avait fait parvenir une lettre justifiant son geste qu'il se refusait toujours à qualifier de « trahison »; il y évoquait le grand projet du Général de reconstituer une Europe de l'Atlantique à l'Oural et considérait que, somme toute, il avait préféré, lui, Georges Pâques, lui être fidèle dans l'esprit au risque d'être indiscipliné dans la lettre.

64

Vint le jour où il bénéficia d'une mesure de libération conditionnelle contre l'avis résolument défavorable des juges du comité *ad hoc*. Elle lui fut accordée par le nouveau président de la République Georges Pompidou, promotion 1931 de l'École normale supérieure.

Vox populi, l'ancien inspecteur de la DST Pierre Levergeois écrivit dans ses souvenirs publiés chez Flammarion : « Qu'on songe au sort de Georges Pâques s'il avait été un obscur fonctionnaire ! Douze balles dans la peau !... Qu'on songe aussi au sort de ses pareils en espionnage, petits ou grands besogneux de la trahison qui feront leurs dix ans ou leurs vingt ans, dans le pourrissement intellectuel et mental que tout cela implique, à la centrale de Melun ou d'ailleurs, sans autre espoir qu'une réduction de six mois à chaque élection présidentielle, tout cela parce qu'ils n'ont pas été à l'école avec le président ! »

Il quitta la maison centrale de Melun au tout début

d'un mois de mai. Dehors, l'atmosphère semblait étrange ; des maos de la Gauche prolétarienne lançaient un raid audacieux sur Fauchon afin de redistribuer des corbeilles de fruits frais exotiques et des boîtes de foie gras de canard dans les bidonvilles. Nous étions en 1970. Il avait passé près de sept années derrière les barreaux à écrire, à transhumer du théâtre et de la fiction italiens en français, à méditer sur les discutables méfaits de l'orgueil et à se rapprocher de Dieu.

65

En principe, après un scandale pareil, à la sortie de prison, on se retire. On se tient tranquille. Il s'y est tenu, à peu près. Est-ce René Julliard qui l'a sollicité ou a-t-il démarché l'éditeur pour publier son étrange manuscrit rédigé en prison ? Qu'importe, au fond. Cela a dû être un choc, pour les lecteurs du début des années soixante-dix, de voir s'étaler son nom en aussi gros caractères sur la couverture d'un livre intitulé... *comme un voleur*. Le titre est emprunté aux Écritures :

« Le Jour du Seigneur arrive comme un voleur en pleine nuit » (Paul, I, Th., 5, 2).

En prison, il avait vu successivement le Christ aux pieds lacérés, la Vierge lui ouvrant les portes de la contemplation et *in fine* Dieu, telle une colonne de lumière d'or.

Les journaux parlèrent de l'affaire à l'occasion de la sortie du livre. Il y en eut pour mettre en doute la sincérité de sa foi ; ils y voyaient la marque de son habileté, de nature cette fois à le faire libérer par anticipation pour bonne conduite. Pas ceux qui le connaissaient. Eux savaient qu'il n'aurait pas joué avec cela. Pas avec le nom de l'Éternel. Il ne se serait pas permis de soulever abusivement Son nom comme garant. Pas pour une imposture. Jamais à l'appui d'un mensonge.

Dans la tradition juive, chaque premier de l'an, un rituel impose de lancer une pierre dans l'eau en réparation des fautes commises afin de les entraîner par le fond. Toutes les fautes mais pas l'abus de Son nom. « Aucune pierre, aucun élévateur de charges ne suffit à ôter le poids du nom soulevé par trahison », écrit l'alpiniste hébraïsant Erri De Luca dans *Et il dit.*

Puis il rendit une traduction de *La grande conspiration*, un roman de Mario Spinella, à Gallimard pour la collection « Du monde entier ». Il fut pris alors d'un étrange sentiment. Quelque chose comme un émiettement de la vie en poussières de sensations.

Il avait hâte de savoir quels amis d'autrefois lui demeureraient fidèles malgré l'opprobre attaché à son nom. Il n'avait jamais été aussi heureux que lors de ses dîners d'anciens normaliens.

Les premiers temps, quand il marchait à nouveau libre dans la rue, il avait l'étrange impression que les gens se retournaient sur son passage. Non qu'ils l'aient nécessairement reconnu. Probable qu'ils auraient été intrigués par un signe invisible tracé au dos de son pardessus : « T » comme traître. Sa lettre écarlate.

66

Puis il crut se faire oublier. C'est à peine si on se souvint de lui lorsque, ayant obtenu un emploi dans un organisme économique dépendant de l'État, il fut à nouveau traîné dans la boue par la presse de droite et par les feuilles nationalistes. Il comprit alors ce paradoxe en fonction duquel les gens détestent, méprisent, haïssent un traître à proportion de leur fascination pour la trahison. Puis il retourna à l'anonymat, qui a ses délices puisqu'on ne remarque jamais l'absence d'un inconnu; il donna des cours particuliers d'italien et se mit au russe. C'est cet invisible qui me reçut chez lui en 1985.

Son nom avait enfin disparu.

67

Ce n'est pas ce nom-là que Nathalie, la petite-fille des Grouvski, ou Goursouski, recherche obscurément. Elle s'accroche. De temps en temps, un message d'elle, tessiture de voix étrangement douce dans sa fermeté, traîne sur mon répondeur téléphonique à la maison. Pas de question ni de demande précises car elle est plus fine que cela. Juste une manière de s'incruster dans mon souvenir. D'ailleurs je ne la rappelle pas, comme si un accord tacite nous liait. Qu'est-ce qui me pousse un jour à le faire ? Je l'ignore et je ne veux pas le savoir car le fait de le deviner me coupe déjà les ailes et freine mon élan.

« Ah, c'est vous... Alors ?

— J'ai presque fini. Vous pourrez le lire bientôt si toutefois...

— En manuscrit ?

— Non. Tout de même pas. Vous attendrez le livre imprimé.

— Mais ce sera trop tard ! s'énerve-t-elle.

— Trop tard pour quoi ? »

Un silence. De ces silences pesants qui font résonner la plus faible expiration de fumée de cigarette. À se demander si les volutes ne prennent pas le temps de s'immiscer dans le combiné pour me rejoindre cahin-caha par le fil.

« On se voit quand ? »

Elle l'a dit froidement, presque sèchement, sur le ton de l'injonction, bien qu'elle ait fait sonner le point d'interrogation.

Le lendemain soir, comme convenu, je passe la chercher en voiture au bas de son immeuble, place des Vosges, au cœur du Marais, pour l'emmener dîner à La Ferronnerie, à la petite table ronde au fond à gauche dans le renfoncement, où nous serons tranquilles pour parler. Je l'attends sous les voûtes le temps d'une cigarette. Juste assez pour m'interroger sur la qualité des habitants de cet éclat de Paris privilégié entre tous. Soit des nouveaux riches, soit des commensaux de l'Hôtel de Ville, soit des héritiers. Je m'impatiente en l'interpellant par l'interphone.

« Ah, vous êtes déjà là ! Je ne me sens pas très bien, en tout cas pas assez pour parader au restaurant. Montez, je préparerai quelque chose. C'est au dernier étage. »

Sans ascenseur. Vieil escalier, hautes marches, périlleux dénivelé, tomettes disjointes, mais quelle exquise patine ! Le classement à l'inventaire supplémentaire des Monuments historiques ne s'accommode pas toujours de triviaux soucis de ménisque.

La jeune femme me cueille à la porte toute marquetée, encore une merveille d'ébénisterie comme on n'en fait plus. Elle habite dans l'un de ces hôtels dits « particuliers » du XVIIIe, dont le quartier s'enorgueillit, mais vit sous les combles dans l'une des chambres réservées à la domesticité. Cela me rassure de découvrir qu'elle n'appartient à aucune des catégories répertoriées. Ce qui n'entame en rien son mystère. Ni sa spontanéité : le dîner était déjà prêt. Pour deux personnes. Ce qu'elle ne songe même pas à dissimuler. La conversation part dans tous les sens à flux tendu, comme si l'on devait à tout prix conjurer le spectre du blanc. Il faut tout de même arriver jusqu'au bœuf à la Stroganoff, s'interroger sur l'art de découper le filet transversalement au grain en larges tranches d'un demi-centimètre d'épaisseur et sur la manière de saupoudrer de moutarde, avant qu'elle ne se jette :

« Au fond, votre Georges Pâques, il n'était pas communiste...

— C'est ce qu'on a dit.

— Et vous, en privé, qu'est-ce qu'il vous a dit ?

— Il a reconnu qu'il avait toujours eu des sympathies communistes de longue date et que la solution communiste lui paraissait la plus juste, du moins sur un plan économique et social. Pas politique, bien entendu. Encore que, avec ce genre d'homme, on ne sait pas ce que le passé nous réserve.

— Vous croyez qu'il a changé avec le temps ?

— Ses positions sont devenues moins tranchées. L'âge probablement. Il s'interrogeait sur l'opportunité de son action. Mais quand je lui ai clairement posé la question, il m'a clairement répondu que, de son point de vue, il avait fait le bon choix... La moutarde en poudre, quelle quantité avez-vous dit ?

— Une cuillerée à soupe. »

Par sa curiosité, elle me forçait à m'avouer que, par bien des côtés, il m'échappait encore. Rien de plus redoutable que l'infinie complexité d'un homme ordinaire. Trop lisse pour être saisi. Les arêtes permettent au moins de s'accrocher. Gloire à celui qui écrira la biographie d'un homme comme les autres, quelle qu'en soit la forme ; le biographe est hanté par le démon de l'exhaustivité sur un front historique où le romancier avance la fleur au fusil, les mains dans les poches, en sifflotant une marche militaire. Guerre froide...

Nathalie s'est levée pour aller chercher des *syrnikis*, sorte de crêpes au fromage blanc dont je n'ai surtout pas voulu connaître la recette après m'en être empli, par politesse.

« Et sa fille ? demande-t-elle. Mon grand-père prétendait qu'il vouait une adoration à la petite. Il paraît qu'elle a fait des études de journalisme en Union soviétique avant de revenir à Paris travailler pour le service français de Radio-Moscou. Vous l'avez retrouvée ?

— J'avais une piste à Nice, du côté de la promenade des Anglais, mais cela n'a rien donné. Vraiment dommage. »

Elle en revient aux noms. Toujours les noms. Son obsession. Son travail aussi car elle a une thèse à finir. Mais les noms de ma propre recherche l'intriguent. Elle me met en garde contre les risques de procès en diffamation avec les familles de ceux qui ont été identifiés comme des agents, en France surtout, car le droit anglo-saxon me protégerait en pareil cas. Soudain le ton se fait plus grave, teinté d'inquiétude :

« Vous savez, vous m'avez fait faire des progrès.

— Comment ça ?

— Vous m'avez rendue meilleure. Cela n'a pas de prix. »

Je la sens venir. Pas du genre à parler pour rien ni à digresser comme une vieille chaisière. Chacune de ses phrases en amène une autre. Poursuivant sur le même tempo, elle enchaîne aussitôt :

« Et le docteur Imek Bernstein, vous l'avez retrouvé ? »

Mon embarras la trouble. Elle répète sa question en dissociant les syllabes, me demande des nouvelles de cet autre grand-père, inconnu et disparu, comme si je l'avais rencontré huit jours plus tôt. Drôle de fille : même lorsqu'elle se veut entière, on la sent encore incomplète.

« Vous avez vu des gens, vous avez été aux archives, vous avez *dû* croiser sa trace », dit-elle en s'appesantissant sur l'ambiguïté de mon devoir.

Je baisse le regard face à l'insistance du sien. Le prend-elle pour un aveu d'échec, la marque de mon impuissance à l'aider ou, au contraire, comme l'annonce d'une vérité impossible à annoncer tant elle lui serait pesante ?

« Et vous, si vous appreniez qui a dénoncé mon

grand-père pour l'envoyer au Goulag, vous me le diriez ? »

Mon regard se lève enfin mais pour se perdre dans un balayage panoramique du décor pourtant limité. Tout est bien mal rangé, comme je l'imaginais au vu du bazar régnant dans son sac. Cela participe de son charme. Il y a de tout ici. Tous les styles et toutes les époques. Meubles et objets se sont agglutinés comme par raccroc. Les livres, n'en parlons pas. La tranche de la plupart n'est pas identifiable, rarement dans le bon sens. Le contraire d'une bibliothèque bourgeoise. Pas de papier cristal pour protéger ni de reliures pour flatter. Que des signets, des marque-pages et des fantômes. Au moins, cela vit. Une étagère se détache de loin : le rayon Proust. Il irradie la pièce. Se pose sur moi à l'instant même où mon regard se pose sur lui. Je la sens qui m'observe, toute prête à repartir à l'assaut pour me faire dire ce que je veux taire. Alors se produit un phénomène que j'avais rarement éprouvé : un réflexe irrépressible qui me fait prononcer un mot dont j'ignore le sens tout en sachant qu'il convient parfaitement à la situation :

« Tombeau ! » lui dis-je en posant mon index sur ses lèvres finement ourlées.

D'abord stupéfaite, elle se reprend, les mord par réaction de défense, puis s'abandonne pour la première fois dans un éclat de rire si spontané qu'il a fixé cette soirée dans mon souvenir comme un rare moment de bonheur. Je me verrais bien passer le reste de ma vie avec elle, pour commencer.

68

Une phrase m'intrigue dans une plaquette sur *Un siècle de contre-espionnage civil français* publiée à compte d'auteur par un retraité de la DST, Jean-Paul Mauriat, et lue à la Bibliothèque nationale. Celle qui clôt les pages consacrées à Pâques : « On sait depuis qu'il n'était pas la seule source des Soviétiques et pas le seul coupable. »

Rien de plus ? Rien.

Tardivement, un curieux détail, négligé jusqu'alors, s'impose. En 1980, Georges Pâques déclina une proposition des producteurs des « Dossiers de l'écran » à venir causer espionnage à la télévision. Il aurait été mal à l'aise, pris dans l'inévitable tir croisé entre le général Walters, ancien patron de la CIA, Constantin Melnik, ancien conseiller pour les affaires de sécurité de Pompidou, et Alain Guérin, journaliste à *L'Humanité*. Il y a comme ça des traquenards annoncés. De toute façon, discret de nature, condamné pour n'avoir pas su rester sur le seuil de lui-même, à la porte de son désir le plus profond, Pâques avait fait vœu de réserve. Sur de telles affaires, le meilleur est toujours de ne rien dire.

69

« Tombeau ! » eût dit Nathalie. Un jour, elle a cessé de me donner signe de vie. Son téléphone n'a plus répondu, même la nuit; puis son répondeur s'est dit saturé; enfin son numéro a changé. J'ai d'abord cru à une absence, puis à une disparition. Le fait est qu'elle survient au plus mauvais moment, car j'ai vraiment besoin d'elle; l'accouchement d'un livre est souvent suivi d'un long moment de flottement proche de cette dépression *post partum* que les mères connaissent bien; on se sent sec, inoccupé, dépeuplé. Seule Nathalie aurait su combler ce vide. Elle m'avait déjà transmis un peu de cette énergie si féconde qui anime les intranquilles; et aussi quelque chose de son trouble et de son inquiétude; juste assez pour éclairer ma quête des failles dans la vie de cet homme. Me voilà désormais privé de sa présence tout en étant encombré de son secret de famille; j'ai fini par savoir ce qu'il était advenu du docteur Imek Bernstein mais je n'ai plus personne à qui le confier.

70

La guerre froide est finie depuis longtemps maintenant. Les manuels ont besoin de dates précises comme autant de balises en mer agitée. À condition de ne pas oublier ce que disait Juan Manuel de Castilla y León, qui qualifiait déjà de « *guerra fría* » le conflit entre chrétiens et musulmans dans l'Espagne du XIVe siècle : elle a ceci de particulier qu'elle commence sans déclaration de guerre et s'achève sans traité de paix. Alors, va pour 1946-1989. Avec le recul, la guerre froide ressemble à une vue de l'esprit.

Que reste-t-il de ce monde-là ? L'époque est passée comme un pays éloigné. Elle est enveloppée du crêpe funèbre du temps. La chute du mur de Berlin le 9 novembre 1989 a fait craindre que les grands romanciers d'espionnage ne se retrouvent au chômage technique. Il n'en est rien. Simplement, l'espion ne vient plus seulement du froid et il passe beaucoup plus de temps sur Internet. Quant à moi, j'ai toujours autant de mal avec les noms de l'Est.

En 1989, Georges Pâques avait cessé sa guerre personnelle. Il pouvait s'en aller en paix. Il est mort le 19 décembre 1993. Il avait soixante-dix-neuf ans. C'était un dimanche, chez lui à Paris. On connaît le poids de l'âme quand elle s'échappe de son enveloppe, pas celui de l'orgueil. La vocation d'une taupe est de finir dans une nuit souterraine. Que la terre lui soit légère.

71

En prévision d'un déménagement, j'ai rangé mon passé, mis ma mémoire en ordre. Des mots et des lettres oubliés ont resurgi de mes sables mouvants. Trois sont signés « G. Pâques ». Dans le premier, il remet notre rendez-vous pour s'occuper de ses petits-enfants ; dans le deuxième, il me remercie pour mon article et ma discrétion ; le troisième m'a rappelé que je l'avais recontacté pour lui demander son sentiment sur la marche du monde :

« Merci de penser encore à moi, mais je n'ai pas plus d'informations sur ce qui se passe à l'Est que ne m'en fournit la presse. Que vous dirais-je donc ? Mon chagrin de voir s'effondrer un système auquel j'avais consacré l'essentiel de mon existence politique ? Ce sont là regrets superflus. Comme je n'ai pas l'intention de chanter le los du capitalisme triomphant non plus que des prestigieux vainqueurs de l'Irak, je ne vois pas en quoi ma pensée pourrait intéresser vos lecteurs... »

Je n'avais donc pas rêvé : il y a bien eu quelque chose entre lui et moi. C'était à la fin du xxe siècle, tout près d'ici, mais dans un temps si éloigné, où l'on pouvait encore se souvenir du los chu d'un sonnet de La Boétie.

Par moments, je ne sais plus qui je suis au juste. J'en ai fini avec mon livre, mais je n'en aurai jamais terminé avec son héros. Chaque fois que mes pas m'ont amené vers la porte d'Auteuil, je n'ai pu m'empêcher de faire une halte au square des Écrivains-Combattants-Morts-pour-la-France et de regarder les baies vitrées de son appartement, sans pouvoir m'en détacher.

Aujourd'hui, je ne suis sûr que d'une chose : cet homme, qui se défait au cœur de ce roman, ce n'est peut-être pas lui. Enfin, pas seulement lui.

Récit

LE FLEUVE COMBELLE, Calmann-Lévy, 1997 (Folio n° 3941).

Documents

DE NOS ENVOYÉS SPÉCIAUX : LES COULISSES DU REPORTAGE (en collaboration avec Philippe Dampenon), Jean-Claude Simoën, 1977.

LOURDES, HISTOIRES D'EAU, Alain Moreau, 1980.

LES NOUVEAUX CONVERTIS : ENQUÊTE SUR DES CHRÉTIENS, DES JUIFS ET DES MUSULMANS PAS COMME LES AUTRES, Albin Michel, 1981 (Folio actuel n° 30). Nouvelle édition en 1992, revue, augmentée et actualisée.

GERMINAL : L'AVENTURE D'UN FILM, Fayard, 1993.

L'ÉPURATION DES INTELLECTUELS, Complexe, 1996.

BRÈVES DE BLOG. LE NOUVEL ÂGE DE LA CONVERSATION, Les Arènes, 2008.

AUTODICTIONNAIRE SIMENON, Omnibus, 2009 (Le Livre de Poche, 2011).

AUTODICTIONNAIRE PROUST, Omnibus, 2011.

LA NOUVELLE RIVE GAUCHE (avec Marc Mimram), Alternatives, 2011.

Entretiens

LE FLÂNEUR DE LA RIVE GAUCHE, AVEC ANTOINE BLONDIN, François Bourin, 1994. Rééd. La Table Ronde, 2004.

SINGULIÈREMENT LIBRE, AVEC RAOUL GIRARDET, Perrin, 1990.

Rapport

LA CONDITION DU TRADUCTEUR, Centre national du Livre, 2011.

Composition CMB Graphic.
Achevé d'imprimer
sur Roto-Page
par l'Imprimerie Floch
à Mayenne, le 24 septembre 2012.
Dépôt légal : septembre 2012.
Numéro d'imprimeur : 83234.
ISBN 978-2-07-013271-3 / Imprimé en France.

181028